新潮文庫

夢のような幸福

三浦しをん著

新潮社版

8396

夢のような幸福　目次

三章　男ばかりの旅の仲間

四章　楽園に行く下準備

五章　世界の崩壊と再生

夢のような幸福

First published 2003 in Japan by Daiwashobo. Co., Ltd.

This edition is published 2008 in Japan by Shinchosha

with direct arrangement by Boiled Eggs Ltd.

一章　我が愛のバイブル

欲望の発露する瞬間

足の指のあいだで、細かくて白い砂が動いている。

体温よりもほのかに温かい海水はくるぶしをくすぐり、規則的な波の音とともに体が海にとろけだしてしまいそうだ。水平線の上に浮かぶ月が海面を照らし、遠くの波《は》濤《とう》まではっきりと見える。

熟れきった果実の匂《にお》いが漂う空気の中で、わずかな風に砂が動く音を聞いていた。この浜辺どころか、まるで世界中から人間が消え去ってしまったような気がする。

でもそんなことはない。

私の背後では、タデウシュが優しい瞳《ひとみ》で私を見つめている。彼の優しさが時にたまらなくなる。この海に明日の太陽が昇ったら、私たちは帰らなければならない。それぞれ別の場所に帰り、次はいつ会えるかわからない。

私は波間に足を踏み出した。海水がスカートの裾《すそ》をなめる。

「夜の海に入るのは危ないよ」

背後でタデウシュが穏やかな声を上げたけれど、私は無視した。怒りにも似た悲しみに突き動かされて、私は海の中に入っていく。タデウシュは追ってきてくれるかしら。もう水は腰のあたりまで迫っていた。歩きにくい。でも包まれている。

波の音に消されて聞こえなかったけれど、タデウシュは私を追って海に入ってくれたらしい。私の手首を、タデウシュが柔らかく摑《つか》みとめた。

「なによそれー！」

「なにって……。だから、私の『萌《も》えポイント』だってば」

ここは横浜のベトナム料理屋。私は友人たちと一緒にバクバクと料理を腹に詰めこみながら、自分の「萌えポイント」について語っていた。

萌えポイント。それは、「くぅぅぅ、そういうシチュエーション（もしくはキャラ、アイテム）に弱いのよ～」という部分のことだ。「萌え」という言葉はあまり好きではないのだが、「くぅ（中略）弱いのよ～」を簡略に表す他の言葉を思いつかないのでしかたがない。

とにかく、どういうことに「萌え」を感じるか、という話題になり、私は熱心に考えた末にタデウシュにご登場願ったというわけだ。

「そのタデウシュっていうのは誰なのさ」

と、私の向かいで飯《めし》を食べていたHが聞いてくる。

「ん、タデウシュ？　タデウシュはバイキングの末裔《まつえい》なの。私たちは南の島でバカンス中。海、月夜、だれもいない白い浜辺。恋人は野性的で知性もあるタデウシュ。あああん、理想だわー」

「ハーレクインの読みすぎだっちゅうの！」

「しをんちゃんはさあ……」

と、おずおずと切り出したのはぜんちゃんだ。

「つまり、水が好きなんだよ。書く物にもわりとよく水のイメージが出てくるし」

「そうかー、そうかもね」

気づいていなかったが、私の「萌えアイテム」は水らしい。私はふんふんとうなずいた。

「そういえば、『水まわり』という言葉を聞くだけで若干の興奮を覚えるわね。台所で『奥さんっ』『あら、いけませんわ。私は夫のためにシジミのみそ汁を作らないと……』とか、風呂場《ふろば》で（以下自主規制）とか、辛抱たまらん！　という切羽詰まった感じがね……うしし」

　せっかくぜんちゃんが綺麗《きれい》にまとめようとしてくれたのに、欲望にまみれてしまう私。この集まりは新年会だったはずなのだが、すでに煩悩《ぼんのう》が百三個ぐらい蓄積してしまっている。まだ一月も半ばなのに、今年分の煩悩貯蔵場所は残り五個しかないのか。困ったものだ。

「ふぅむ、それなら私の萌えるシチュエーションはこうよ」

　と、Hが語りだした。


　なんてことだろう。やはり妊娠検査薬に反応がある。

　私はトイレでたっぷり三分間は、現れたプラスの表示を見つめていた。どうしよう。でも産むしかない。せっかく仕事も面白くなってきたところだったのに。それよりもまず、トシオはなんて言うかしら。いいえ、彼は男気《おとこぎ》があるから、きっと喜んでくれる。そして結婚しようと言ってくれるわ。

　そう自分に言い聞かせても、どうしても少しの不安はあった。

　思い当たるのは、あの墓場での夜だ。トシオは長距離トラックの運転手で時間が不規則だし、私も夜勤が続いていてなかなか会えなかった。だから、久しぶりに私の勤務先に現れたトシオと、病院の裏手にある墓場でついつい……。

墓場でできたベイビー。縁起がいいんだか悪いんだかわからないわ。

そんな私の職業は看護師だ。


「なんなのそれは！」

今度は私が叫ぶ。Hはビールを飲みながら、「だからぁ」と説明する。

「墓場という異常なシチュエーションで予定外の妊娠。しかも職業が看護師、というベタさ加減に私は萌えるわけよ」

「萌えポイントが看護師だなんて、オヤジかね、君は」

「看護師という単体では別に萌えないのよ。駄目押しに看護師、というのがいいんじゃないの」

しかもね、とHは声をひそめる。

「この話は、ほぼ実話なのよ。私の知り合いが本当に看護師で、墓場で彼氏と燃え上がり、妊娠してしまったのよねー」

ううむ。まさに事実は小説よりも奇なり、だ。

私たちはもうかれこれ四時間、このベトナム料理屋でしゃべくりまくっていたのだが、さらにデザートまで頼み、すっかり腰を落ち着ける覚悟を決めてしまっている。

氷の浮いたベトナム風あんみつを食べながら、私はそれまで聞き役に回っていたぜんちゃんに水を向けた。

「ぜんちゃんの萌えポイントは何なの？」

嬉《うれ》しそうにアイスクリームをすくっていたぜんちゃんは顔を上げ、少し考えた末にただ一言、

「将軍」

と言った。

「将軍!?」

Hと私は思わず声をそろえて聞き返してしまう。

「将軍ってなに。どういうこと？　なんかもっと具体的にシチュエーションを言ってみてよ」

「んー」

ぜんちゃんはパクリとアイスクリームを食べ、

「孤独な将軍」

と言った。

わ、わからない。ぜんちゃんの萌えポイントが全然わからない。将軍に萌える、ということは、軍隊が好きだということだろうか。階級差のある世界とか、尋問とか、そういうことだろうか。

しかしそんな私たちの混乱をしりめに、ぜんちゃんは少し切なそうに、

「将軍っていうのは孤独なものなのよ……」

と言うばかりなのだった。

もしかしてぜんちゃんは過去に、将軍との隠されたロマンスがあったのだろうか。しかし実際問題として、いまの日本に将軍っているのか？　将軍というとどうしても、軍服を着ている人よりも、天ぷらを食べて「天晴《あっぱ》れじゃ」とか言っている公方《くぼう》様が浮かぶのだが。

ぜんちゃんという例外はあるが、女性はたいがい、ストーリーを愛する傾向にあるようだ。たとえば、遊牧民の長《おさ》の花嫁候補として砂漠の王宮に軟禁され、最初は反発していたが、彼の孤独な心に触れるうちにいつしか恋に落ちてしまうとか（ちょうどそういうハーレクイン小説を読んだ）、『ロミオとジュリエット』みたいに、惹《ひ》かれあっているのに二人のあいだに障害があってなかなか結ばれないとか、具体的な「流れ（シチュエーション）」にときめく。

それに対して、どちらかというと男性は、「猫耳のついたメイド服姿の女の子」といった感じに、キャラクター先行型なような気がする（オタク的誇張のある例で恐縮ですが）。「線」を愛しがちな女性と、「点」を愛しがちな男性とも言い換えられようか。

もちろん、どういうところに「萌え」を感じるか、というのは結局のところ性別ではなく個人の好みの問題ではある。だが、なんとなく大まかな傾向として、性別によって「線」に反応するか「点」に反応するかは分けられる気がする。

これは一体どういうことなんだろう。いっちょ今年は、なぜ自分がシチュエーション（恥ずかしいことにハーレクイン的な）に「萌え」を感じるのか、ということについて考えてみるか。

私はそう決意を固めた。そしてもう一点熟考すべきなのは、なぜぜんちゃんは「将軍」に萌えるのか、ということだ。「孤独な」将軍というところに、ややストーリーの片鱗《へんりん》らしきものは垣間見《かいまみ》えるが、しかし「将軍」ってなあ……。

何年つきあっていてもまだまだ友人には謎《なぞ》な部分がある。

そんな思いを氷とともに嚙《か》みしめた夜であった。

我が愛のバイブル

五人の人間がイタリア料理店に集った。そのうちの一人は彼とのラブラブ逢瀬《おうせ》のために、そそくさと店を去った。あとの三人は結婚が決まっている。さあ、残ったのは何人でしょう。

こういうものすごい状況に置かれ、己れの中の「愛」の位置づけを再確認せずにいられる人間がいるだろうか。私はいまいちど自分の愛の在り方を考察すべく、『愛と誠』（梶原一騎《かじわらいっき》・原作／ながやす巧・作画／講談社）を読み返したのであった。

伝説の名作なのでお読みになった方も多いと思うが、一応あらすじを紹介すると、こんな感じだ。

ブルジョアの令嬢・早乙女《さおとめ》愛は、幼いころにスキー場で山小屋の少年・太賀《たいが》誠に命を救われる。しかしその時に誠は、額に傷を負ってしまう。その傷のために誠は人に受け入れられず、両親も離婚。札付きのワルに成長した。

そんなこととは知らず、なに不自由なく育った愛は、中学三年生の時に誠と運命の再会を果たす。「あのとき私を救ってくれた少年が、そのときの傷が元でワルになってしまった！」衝撃を受ける愛。「つぐなうわ、誠さん！　あなたをきっと更生させてみせる！」

固く決意した愛は、さっそくお父様に頼んで誠を引き取らせ、愛も通う名門・青葉台学園に入学させる。それからは、誠が策略と暴力で青葉台学園を制圧したり、その後、誠が転校していった花園実業（「悪の花園」と呼ばれる不良学校）に愛も追いかけて入学したりと、怒濤《どとう》の展開が繰り広げられる。

とにかく次から次へと強い番長や、「悪の花園」の生徒を舎弟にしようとするヤクザが現れ、誠は血みどろの戦いの毎日。そのたびに愛は、「やめて！　やめてちょうだい、誠さん！」と、身を挺《てい》して誠を守ろうとし、誠は、「ケッ、お嬢さんは引っ込んでなよ」と冷たくあしらう。

愛は誠の生活費のために、校則で禁じられている喫茶店でのアルバイトをしたりと、壮絶なまでの「尽くし愛」を見せて誠を立ち直らせようとするのだが、誠は誠で、愛の気持ちには応《こた》えられない鬱屈《うっくつ》した想《おも》いがあるのだった。嗚呼《ああ》、死闘の日々の果てに、二人の心は結ばれるのか……？

という、「大純愛番長物漫画」なのだ。

喫茶店でアルバイトしただけで、「は、破廉恥《はれんち》な！」とお母様に怒られてしまうほど大時代的な作品なので、シリアスな物語のはずなのに随所で笑える。

愛に思いを寄せる秀才の岩清水君（眼鏡で七三分け）という人物がいるのだが、彼の書いた愛へのラブレターが傑作。

おたがい中学三年生で、勉学に励まねばならず、恋だの愛だのと言っている場合ではないが……と、自制の言葉を書き連ねた後、

「一つだけぼくの心からなる誓いだけつたえておきます――早乙女愛よ、岩清水弘《ひろし》はきみのためなら死ねる！」

何度読んでもこのくだりで私は爆笑してしまう。きみのためなら死ねる！　ガハハハ、ひーひー。

いや、笑っちゃいけなかった。岩清水君は大まじめなのだ。その誓いに違《たが》わず、彼は何度も愛に対して命がけの献身を見せる。でも愛の心は腕っ節の強い誠のものなんだけど。あわれ、秀才・岩清水君。

他にも、本（ツルゲーネフの『初恋』）にメスを仕込んだ女番長などなど、濃いキャラが多数出演し、愛と誠を試練の渦にたたきこむ。それでも、早乙女愛の愛は揺る

がない。

「きっときっと、あのとき（愛を助けてくれた幼い日）の太賀誠は、いまの（すさみきったワルである）彼の中のどこかにすんでいる。あの永遠の像を愛しつづけ、つぐないつづければいいのだわ！　ど……どんな苦しいきびしい愛であり、つぐないであろうと、あの永遠の像のためなら死ねるのだから……」

私は改めて、男女交際だの結婚だのに心を揺り動かされてしまった自分を恥じました。私の大馬鹿者《おおばかもの》！　見返りや安寧を求める安易な心が、私に「うらやましい……」などという感情を湧《わ》き起こさせたのだ。早乙女愛の無償の愛をよっく目に焼きつけ、そんな己れを恥じろ！

なんていうか……「愛」の規範を『愛と誠』に求めるあたりからしてすでに、何かが間違っているような気もする。だからいつまでたっても春が巡ってこないんじゃないかしら。あ、いけないわ。また「愛」を疑ってしまった。なんて弱い心の私。こんなことでは、誠さんが更生してくれるはずがないじゃない。

誠が女番長から受けたリンチのごとく、私も心の中で自分を校庭の鉄棒に吊《つる》し、ベルトでビシバシと上半身をむち打って、さらにその傷口に浪《なみ》の花（塩）を擦りこんでおきました。イテテテ。真実の愛は痛いなあ。

ところで、イタリア料理店での私たちの話題は、「出産のときに旦那《だんな》に立ち会ってもらいたいか否《いな》か」というものだった。出産の予定が全然ない私までもが、それを考えることにいったいどんな意味があるのだろう……。いやいや、備えあれば憂《うれ》いなし。一生遭遇しないかもしれない災害に対しても万全に備え、乾パンやミネラルウォーターを蓄えておくべきなのだ。

これは意見がまっぷたつに割れた。私は真剣に考察し、「立ち会ってほしくない」という結論に至ったのだが、その理由は、

「すごい格好して大変な形相でいきんでいるところを見られたら、もう旦那に女として見てもらえなくなるかもしれない。そんなリスクは絶対に冒したくない」

からだ。しかし、「立ち会ってほしい」派の意見は、

「私がこんなに必死になって子どもを産んでるんだから、責任の半分があるあんたもちゃんと見届けて、父親としての自覚を持て。それに、いてもらえれば心強いから」

というものであった。出産経験のない男が枕元《まくらもと》に何人集結してくれようとも、ちっとも心強くなんかないやい、と私は思うのだが、実際のところはどうなんだろう。

「いきむ時に手を握っていてほしい」ということだが、荒縄でも握ってりゃいいや、と思ってしまう。

やはり私が怖《おそ》れるのは、血塗《ちまみ》れの惨状を目にした男の愛を失うことである。きっと岩清水君タイプの男は、「愛！　よく頑張ったね、ありがとう！」などと青ざめてるくせに言いつつ、それからしばらく夢でうなされ、「ものすごいことになってるのを見てしまったが、彼女は僕の妻なんだから、これからも変わらず愛し続けなければ……！」と心に言い聞かせるのだろう。ああ、いやだいやだ。そんなことになったら、私は哀《かな》しくって死んでしまうわ！

あ、そうか。何があっても動じない、太賀誠タイプを旦那にして、出産に立ち会ってもらえばいいのか。誠ならきっと、へその緒を嚙《か》みちぎるぐらいは平気でしてくれるだろう。よかったよかった、一件落着……なのか、これは？　だいたいどうして、『愛と誠』の登場人物から旦那を選ぼうとしているの、私は。

『愛と誠』を心の課題図書に選定していたのだが、ちょっと考え直したほうがいいのかもしれない。もしかしてこの『愛と誠』こそが、私に「愛」を見誤らせている大きな要因の一つなのではなかろうか。岩清水君は、「つらいが負けおしみでなく……ぼくの青春にとって有意義な愛だったさ」と微笑《ほほえ》んだが、私はいま、大きな疑念が押し寄せ、「愛」という名の広大な荒れ野をさまよう子羊のような気持ちである。

世界の名作を読む

もう眠くてたまらん。

いまが授業中だったら、ノートにみみずののたくったような痕跡《こんせき》をつづっていることであろう。しかし悲しいかな、パソコンを使用していると、その文章を書いた人間が眠いのか怒ってるのか薄ら笑いをうかべているのか、文字面《づら》から推し量ることはできないのであった。

とにかく私は眠くてたまらない。先ほど風呂《ふろ》に入った。そうしたら湯船の中から、「チューチュー」とネズミの鳴く声みたいなのが聞こえる。湯が空気を膨張させ、風呂釜《がま》の蓋《ふた》のゴム部分を摩擦してこんな音が出るのであろう。私はそう無理やり理屈をつけて、チューチュー言っている湯に浸《つ》かっていた。

しかし、鳴き声（らしきもの）はいつまでたってもやまない。気味が悪くなった私は湯から出て、足だけを湯につけたまま風呂の縁に浅く腰かけた。真っ裸で耳を澄ますと、鳴き声はどうやら風呂場の外から聞こえてくるようだ。ネズミがどこかに巣でも作ったのであろうか。と思っているうちに私は眠ってしまったらしく、次に目が覚めると湯は冷め、顔には噴き出た汗が乾燥したらしき塩分が付着していた。

これは鳴き声の正体がなんだったのか、という話ではなく、私がいかに眠いか、という話だ。

湯船の縁に腰かけるという不安定な体勢のまま、顔面で製塩しつつ湯が冷めるまで全裸で寝ることができるほど私は眠いのだ。睡眠病に取り憑《つ》かれてしまったわけであるが、そんな私でも一息に読むことのできる小説があった。エミリー・ブロンテの『嵐《あらし》が丘』（新潮文庫）である。

私はこの話をすっかり読んだ気になっていた。『ガラスの仮面』（美内《みうち》すずえ・白泉社）に出てきたからだ。ヒースクリフとキャサリンの激しい悲恋物語なんだな、ぐらいに思っていたが、実際に小説を読むとこれがかなり乙女の夢と妄想満載で、大変面白い。

荒野《ムーア》に一軒の家が建っている。それが「嵐が丘」だ。嵐が丘にはヒンドリーとキャサリンの兄妹《きょうだい》と、二人の父親がリバプールで拾ってきたジプシーの子ども、ヒースクリフが住んでいる。ヒンドリーはヒースクリフをいじめるのだが、キャサリンはすぐにヒースクリフと仲良くなる。お互い以外にだれもいないような荒野で、二人は朝から晩まで野生児みたいに遊び回って暮らしていた。

やがて美しい娘に成長したキャサリンは、同じくムーアにある金持ちのリントン家のぼんぼん、エドガーと結婚してしまう。裏切られたという思いでいっぱいのヒースクリフは、嵐が丘から姿を消す。しかしキャサリンがエドガーと結婚したのは当然と言えば当然なのだ。ヒースクリフは素性も確かでない男である。キャサリンも言っている。「もしヒースクリフとあたしが結婚したら、二人とも乞食《こじき》になるほかない」「リントン家へ嫁入《よめい》ってこそ、あたしはヒースクリフも守り立ててやれる」と。

キャサリンは情熱的で、なおかつ、荒野の一軒家で育った割には賢く世間を知っているのだ。ところがどっこい、恋に燃えるヒースクリフはひたすら「キャサリン命」だから、自分を裏切ったキャサリンと、キャサリンを自分から奪ったエドガーと、自分をいじめまくったヒンドリーとに仕返ししてやろうと暗い復讐心《ふくしゅうしん》に燃えてムーアに還《かえ》ってくる。

ヒースクリフはだいたい、いまで言うところのストーカーである。しかも筋金入りで、何十年たってもキャサリンへの愛が冷めないぐらいに執念深い。幸せな結婚生活を送っていたキャサリンとエドガーのところに乗りこんできて、あれこれとちょっかいを出す。同時進行で、妻を亡《な》くしてアル中になっていたヒンドリーから、財産を巻き上げる。キャサリンに対しては馬みたいに鼻息が荒いのだが、ヒンドリーをいじめ返すことにかけてはキツネのように陰湿で用意周到だ。

こう書くとヒースクリフがまるで変質者のようだ。実際に、本当にこいつはただの変質者のストーカーなのである。しかし『嵐が丘』を読んでいる時には、そんなヒースクリフの行動が「情熱的で野性的なかっこいい男」に見えるから不思議だ。

エドガーのほうが、容姿も洗練され、知的で、財産も持っている。現実にこんな男がいたら沢山の女が彼に飛びついて離れないだろう。だがエドガーにとっては気の毒なことではあるが、物語の中で女がホワンとなるのは、彼のようになんでも持っている男ではなく、ヒースクリフタイプなのである。

女へのあふれんばかりの愛情のみが先走り、粗野で、野性的な魅力をプンプン振りまき、のし上がろうと虎視眈々《こしたんたん》としている男。そんな男に読者はとろんと目を潤《うる》ませるのだ。

キャサリンがエドガーとのあいだの一人娘（この子の名前もキャサリン）を産んで死んだと聞いたヒースクリフは、木の幹に血が出るまで額を打ちつけて、

「おお神よ！　言葉にもいえぬ苦しみだ！　おれのいのちなしにおれが生きられる

か？　おれの魂なしにおれが生きられるか！」と、このように大変な悲しみようである。ちなみにヒースクリフは年季の入った堂々たるストーカーだから、病床に伏したキャサリンの部屋の窓の外で、雨に打たれようと何日も立っていた。他人の家の庭に勝手に侵入して立っている男。考えるだけでゾッとするが、読者は「ああ、ヒースクリフ！」と彼を襲った悲劇にハンカチを絞らずにはいられない。

大仰《おおぎよう》に悲しんだヒースクリフだが、もちろん彼はキャサリン亡き後も生き続ける。そして陰湿な復讐を続行する。何度も言うが、こいつは本当に偏執的で暑苦しい男なのである。しかしもう読者は魔法にかけられているから、「ああ、可哀想《かわいそう》なヒースクリフ！　復讐心に凝《こ》り固まっちゃうのも仕方ないわ」と彼の行動をなんでも許してしまう。

ヒースクリフは、ヒンドリーの一人息子のヘアトンを引き取り、「嵐が丘」に住むことになる。自分をいじめたにっくきヒンドリーの息子だから、当然ヒースクリフはヘアトンにつらく当たる。つらく当たると言っても、殴ったり蹴《け》ったりというわけではなく、ヘアトンに教育を与えなかったのだ。陰険なヒースクリフらしい復讐の仕方である。

さらに、ヒースクリフはこれまた復讐のために、好きでもないエドガーの妹と結婚し、リントンという息子をもうけた。リントンは生まれつき病弱だったのだが、このリントンには教育を与え、しかし性格は臆病《おくびょう》で我《わ》が儘《まま》で悪辣《あくらつ》になるように育てた。復讐することにかけては、ものすごく気の長いヒースクリフである。このへんの忍耐力はキャサリンのストーカーをしている時代に培《つちか》っておいてあるのだ。

こうして準備を整えたヒースクリフは、何も知らないキャサリン（娘）をリントンと結婚させ、エドガーの財産を自分の物にしてやろうと画策する。哀れ、おてんばなキャサリン（娘）ちゃんは、腺病質《せんびょうしつ》のリントンと結婚するはめになる。ヒースクリフはその当て馬として、粗野で純朴だが無教養なヘアトンを利用することも忘れない。

さあ、どうするキャサリン（娘）ちゃん！　頑固な変質者ヒースクリフと、悪魔のように我が儘で鼻持ちならないリントンと、いい奴《やつ》なんだがワイルドすぎるのが玉に瑕《きず》のヘアトンと暮らさなければならないキャサリン（娘）ちゃんの運命やいかに……！

ヒースクリフとキャサリン（母）の運命的で情熱にあふれた恋もいい。しかし、いかんせん情熱的すぎてほとんど病気なので、ちょっと引いてしまうのも事実だ。「いや、ヒースクリフさん。あなたのお気持ちは嬉《うれ》しいんですけど、あたしはちょっと……」という感じである。「あたしはちょっと……」と言ってるのも聞かないでいつまでもいつまでもいつまでも追ってくるのがヒースクリフなのだ。たまったものではない。

私が俄然《がぜん》押すのはヘアトン君である。粗野で文字も読めなくてでも心根の優しいハンサムガイだ。筋肉質だぜ（私の想像の中では）。ヘアトン君は無論、可愛《かわい》くておてんばなキャサリン（娘）にラブだ。だが、「本も読めないなんて信じらんない」とキャサリンちゃんに馬鹿《ばか》にされてしまってブロークン・ハート。こっそりキャサリンちゃんの本を持ち出し、一人で一生懸命文字を読む勉強をしちゃうような、けなげなあんちくしょうなのさ。

このヘアトン君の恋心がむくわれるのか、キャサリンちゃんたち第二世代は、ヒースクリフたち第一世代の確執と妄執から抜け出すことができるのか、が後半の焦点になる。

ヒースクリフは感情の発露の仕方がねじまがっているから、大団円までの道のりは険しい。普通だったら、愛《いと》しい女が産んだキャサリン（娘）を、少しは情が移ってきて可愛がるもののはずだ。ところが、ヒースクリフはどこまでいってもキャサリン（母）のみを愛している。キャサリン（母）以外の女のことは大嫌いなのだ。それならそれでべつにかまわないが、ヘアトンをうっとりと眺めたりする。「ヘアトンはキャサリン（母）の甥《おい》にあたるだけあって、キャサリン（母）によく似ているなあ」なんて。

あ、あやうし、ヘアトン！　あんたの育ての親は偏執狂のうえにちょっとなんだか……ホモ（小声）みたいだよ。

こうして「嵐が丘」には文字通り、今日も愛と憎しみの嵐が吹き荒れるのであった。

私が『嵐が丘』から得た教訓。
一、乙女はいつの時代でもどこの国でも、ちょっとワイルドな男にポッとなるものである。
二、乙女はいつの時代でもどこの国でも、身分差のある関係にポッとなるものである。
眠気も忘れてヘアトンの恋を応援していた私であるが、読み終わったら途端にまた眠り病にとらわれてしまったというわけだ。『嵐が丘』の次に手に取ったのがトーマス・マンの『魔の山』で、これが睡眠導入剤としてものすごく適した代物《しろもの》なのだ。私はまだ、主人公のハンス君を迎えに従兄弟《いとこ》のヨーアヒム君が駅にやってきたところまでしか読めていない。必然的に、なにが「魔の山」なんだかわからない。こりゃいったいどういう話じゃ？　「魔の山」に登る山岳小説か？

服にだって言い分がある

物欲の針がMAXに振りきれそうだ。

二〇〇二年・春夏物の服ときたら、どれもこれもフリルやレースがついていて、可《か》愛《わい》いったらありゃしない。それがはたして自分に似合うのか、という冷静な判断能力はもはや働いていない。私はじゅるじゅるとよだれを流しながら、食い入るように様々な雑誌を眺めた。

ううん、いいわねえ。この白いレースのスカートに、私の持っているゴブラン織のブーツ(周囲に非常に不評)を合わせたらきっとかっこいいわ……。熊《くま》のごときむさくるしい大男が実は愛らしいぬいぐるみを収集しているように、私も可愛くてひらひらした服が大好きなのだ。雑誌を見ているうちに気分が高揚してきて、私は早速服を買いに行くことにした。

目指すはジュンヤ・ワ〇ナベのブラウスだ。首もとにフリルがついている、なかなかナイスなお値段の代物《しろもの》。しかしあれなら黒を買えば葬式にも着られるのでは？　と無理やり自分を納得させ（ちょっと値の張る物を買うときに、冠婚葬祭に活用できるかどうかを算段する主婦の思考回路）、私は売場に足を踏み入れた。

ところが！　ところが、売場にはお目当てのブラウスがすでに一枚もなかったのであった。あったのは、同じデザインだが目のくらみそうなショッキングピンクのブラウスのみ。白や黒といった無難な色の服は全然見あたらない。

「あの……これの白か黒はありませんか？」

と店員さんに聞くと、彼女はすまなそうに、

「申し訳ありませんが、ご予約でいっぱいになってしまってもうないんです」

と言うではないか。

ぬおおー、ジュンヤ！　ちょっと作る枚数が少なすぎやしないか。まだ二月にもなっていないこの時点で、春夏物のあのブラウスがないだと？　そんなちょびっとしか作らないのに、あんなに雑誌で紹介したりほうぼうの百貨店に店を出したりするなんて！　枯れはててしまったのかと懸念《けねん》していた物欲がようやく復活の兆《きざ》しを見せたというのに、なんとむごい仕打ちであろうか。

これはたとえて言えば、性欲が減退してしまってしょぼくれていた爺《じい》様が、新しく

家に来た若くて綺麗《きれい》なお手伝いさんにほのかな恋心を抱いた。ところが、実はそのお手伝いさんは家事専用アンドロイドで、爺様の恋のお相手はつとまらないと判明した。爺様はショックで一挙に八歳ぐらい老《ふ》けこむ、といった感じであろうか。それぐらいの打撃を私に与えたぞ、ジュンヤ。いくらドモホルン○ンクルを塗布《とふ》しても、私のしなびた物欲はもう元には戻らない。ああ、春を目前にしてなんてかわいそうな私。いったい何を着ればいいというの？

とぼとぼと店を出る。歩いているうちに、私の中に天啓のようにある考えがひらめいた。これはもしかして、「何も着るな」という神の思し召《おぼめ》しなのか？

予約をしなければ購入できない服。私はそういう服を雑誌で眺めるのは大好きだ。しかし、実際に予約をしてまで購入するほどファッションキ○ガイではない（ただ単に、いつも出遅れがちというだけかもしれないが）。だが、そのへんのスーパーで売っている衣料品でいいや、着られれば服なんてなんでも同じだ、とも思わない。やはり外に出る時は、自分がそれなりにいいと思う服を常に着ていたいのだ。たとえ家にいる時はドテラを着用していようとも。

この中途半端《はんぱ》な態度を悔い改めるよう、神が鉄槌《てっつい》を下したのが、今回の「ジュンヤ・ワ○ナベのブラウスが売り切れてたよ事件」なのではなかろうか。予約するだけの根性もないくせに、雑誌に出ているような可愛い洋服を欲しがるな。かといって、近所のジャ○コの服は嫌だなどと贅沢《ぜいたく》を言うヤツは、もう何も着るな。裸でおれ！神さまはそう言っているのかもしれない。

そこで家に帰って、さっそく裸になってみた。そして窓ガラスに映った自分の姿を見て、私は深く納得したのであった。たしかに。冬眠中に蓄えられた脂肪を燃焼させないことには、私には春夏物の服は着られません。ファッションの神さまありがとう。そのことを遠回しに私に伝えんがため、あなたはジュンヤのブラウスを買い占めたのですね。これから瘦《や》せます。だからお願い。買ったうちの一着を私に分けてくださいな……。

やり場のない物欲を持て余し、布団《ふとん》を嚙《か》みしめて涙しながら早寝を決めこむ。

私は先日『嵐が丘《あらし》』を読んだのを機に、人生何十度目かの『ガラスの仮面』再読に入っている。案の定、マヤちゃんが『嵐が丘』のキャサリンを演じた部分のみならず、全編を読み直さずにはいられなくなったのだ。

今回読み返すにあたってのテーマは、「速水真澄《はやみますみ》のニブさってどうなの？」という点である。

大都芸能の若社長・速水真澄は、『ガラスの仮面』が始まった時にはたぶん二十代の半ば、物語が進んでいまは三十代になっていると思われる。それにしては女性の感情の機微に疎《うと》くないか、こいつ？　というのが私のかねてからの疑問であった。いくら「冷血漢」「仕事虫」といっても、あんなにわかりやすく感情表現しているマヤちゃんの気持ちに、どうして気づかないいんだろう。ほらほら、水城《みずき》秘書ならずとも、「真澄さま、信号はいつまでも赤ではありませんのよ。いまなら渡ってもＯＫですのよ」と気を揉《も》まずにはいられない。

「速水さんなんて大っ嫌い！」とマヤちゃんに言われるたびに、「ガーン」と青ざめて白目になって、「フッ、当たり前か……。俺はあの子の母親を殺した仇《かたき》だ。どうしたというのだ速水真澄。大都芸能の冷血仕事虫と言われたこの俺が、十以上も年の離れたあんな少女の言葉に振り回されて……」などといちいち独白している場合じゃないぞ。速水さん、マヤはあんたのこと好きですぞー！　布団の中から熱く声援を送る私。

も、もしかして速水さんって、女の人と全然つきあったことないのかな。大都芸能の女性社員たちも、「真澄さまはどんな美人女優にも心を動かされたことないもんね、キャー」とか噂《うわさ》しているし。あまりにも仕事一筋すぎて、そんな暇がなかったのかもしれない。しかし、少女漫画界最大のヒーローと言ってもいい速水真澄が、男子高校生という設定ならまだしも、三十代になったいまでも女とつきあったことがないなんて……！　いやいやそんなのいや！　まさか速水さんのお相手は、聖《ひじり》（大都芸能の影の仕事を請け負う男）なのではあるまいな？　どんな眼差《まなざ》しも科白《せりふ》も読み逃すまいと隅々まで検討して、速水さんの私生活を暴《あば》こうと試みる。

結論。速水さんはたぶん、女とつきあったことはある。しかしその「恋愛」も仕事の一環だったため、マヤちゃんの恋心（そして速水さん自身の中に生まれた恋心）に対しては、てんでニブチンなのだ。

紫織《しおり》さん（速水さんの婚約者。鷹宮《たかみや》グループ会長の孫）とデートする際の、速水さんの歯が浮きそうな言葉や態度の数々を見ていると、「恋愛＝仕事」説が浮上してくる。紫織さんが登場するまでは速水さんには全然女の影がないし、恋愛方面に関しても中学生よりも鈍い反応しか返さないしで、読者も「速水さんって童○？」と訝《いぶか》しく思っていたものだが。どうも彼は、まったく女慣れしていないというわけではないようだ。

一応結論が出た。これで安心して、また速水さんの恋を応援することができる。

しかしいまの私は性欲よりも物欲なので、速水さんのあるのかないのかわからない女性遍歴よりも、亜弓さん（マヤのライバル）の着ている服が気になって仕方ない。

亜弓さんったら、フリルのついた服をいっぱいお持ちなのね。うらやましいわ。でも亜弓さんの服の中で何よりも心惹《ひ》かれたのは、お稽古着《けいこぎ》だ。

いいな、亜弓さんのお稽古着。私が部屋で着ているトレーナー（妙な魚の絵がついている）、もうボロボロになっちゃったのよね。今度新しいのを買わなくちゃ、と思いながらもう何年たったかしら……。

こんな私にジュンヤ・ワ○ナベのブラウスを着る資格はあるのだろうか。ああ、私は紅天女《くれないてんにょ》（＝この場合はジュンヤ・ワ○ナベ）に選ばれなかったのだ……！　もういい。私は狼《おおかみ》少女ジェーン（マヤちゃんが渾身《こんしん》の演技を見せて、全日本演劇協会最優秀演技賞をもらった役）だ。フリルなんてクソくらえ。この春夏の私のテーマはジェーンだ。裸でいてやる。野生の魅力で真澄さまにぐいぐい迫ってやるさ。

無意味な二者択一

ブラッド・ピットとレオナルド・ディカプリオだったら、どっちとつきあいたいかしら？（答え：断然ブラピ）などということを、ぼんやりと考える今日このごろ。この二者択一の設定からしておかしくて、どう手をつけていいのかわからぬ精神状態です。疲れてんのかな、私。やっぱり徹夜して『残酷な神が支配する』（萩尾望都《はぎおもと》・小学館・全十七巻）を読んだのがいけなかったのか。

連載中から話題だったこの作品。ようやくまとめてガツッと買ったのだが、読みはじめたら止まらなかった。新刊の出ない正月用にと思ったのに、ちょっと買うのが早すぎた。

義父に性的虐待《ぎゃくたい》を受けたジェルミ少年が犯した殺人と、それに気づいた義兄イアンの葛藤《かっとう》と奮闘の物語。一言であらすじを言えばそうなるのだが、さすが萩尾望都先生。とても注意深く物語を設定してあり、ジェルミの犯罪がはたして本当に犯罪だったのか事故だったのかわからないあたり、「うまい！」となってしまう。さらに、人物造形もブルブルするほどリアリティーがあって、ジェルミを虐待する義父の変態ぶりが怖すぎる。私は夜中にベッドの上で縮こまって、「ぎゃー、だれか早くこの父ちゃんをなんとかしてー！」とうめきっぱなしだった。でも救いはない。ジェルミ少年は理不尽な暴力にさらされるばかりだ。

ようやく真相に気づいたイアンが物語に介入してきても、話はもちろん、全然明るくはならない。ジェルミ少年とまわりの人々の心が丹念に描かれていくが、劇的な救済や再生は決して訪れない。「愛はしばしば暴力である」という重い真実をつきつけられ、今日の私は無口であった。

私はボーイズラブ漫画が好きで、少女漫画の延長線上にあるものだと考えている。しかしながら、ボーイズラブ漫画を読んでいて腹立たしいときも多々ある。私の怒りのスイッチを押す主なNGワードは、「俺はゲイじゃない。おまえだから好きになったんだ」と「おまえが誘ったんだぞ」である。こんな責任転嫁《てんか》的発言を、愛の名のもとに許していいものだろうか。フガフガと鼻息が荒くなってしまう。さらに一番納得がいかないのが、強姦物《ごうかんもの》だ。暴力をふるっといて「好きだ」とほざいたり、酷《ひど》い目に遭わされたのに（三十ページたらずの物語の）最後にはあっさりと許して、「ぼくも前から君のこと……」などと言ったりするのを読むたびに、「読者を馬鹿にしとんのか、コルァ!」と怒りを爆発させてきた。

今回、『残酷な神が支配する』を読んで、その思いを新たにした。愛はしばしば暴力であるが、だからといって暴力が愛であると勘違いしてはならないのだ。どうもそこを間違えている(もしくは、さしたる問題ではないと見過ごしている)作者や読者が多すぎやしないか。私は自戒の念をこめて、「先生の問題提起を重く心に受け止めました!」と萩尾望都先生に(電波で)報告したのであった。うーん、やはり少女漫画の神、萩尾望都は作品の深みがひと味もふた味も違うなあ。

今週、他におもしろかった本は、永井愛の戯曲『見よ、飛行機の高く飛べるを』(而立《じりつ》書房)だ。

この本との出会いは運命的だった。沿線の駅に新しく古本屋ができるという情報を入手し、私はオープン当日にいそいそと出かけた。駅の階段を上がるときに、窓から飛行機雲が見えた。「そういえば、『見よ、今日も、かの蒼空《そうくう》に飛行機の高く飛べるを』ってフレーズが、石川啄木《たくぼく》の詩にあったなあ」と、私の脳みそは閃光《せんこう》のごときひらめきを発して、過去の読書記憶を掘り当てた(ごくたまに、文学少女的思考回路が開ける)。

さて、たどり着いた古本屋は、期待に反してブック○フっぽい店で、私はちょっとがっかりした。しかしどんな出会いが待っているかわからない。すぐに気を取り直して舐《な》めるように棚を見ていたら……あったんですな、『見よ、飛行機の高く飛べるを』という本が。おお、こりゃ運命だ。神のお告げだ。予知夢だ（夢を見たわけじゃないが）。私ったら予言者の素質ありかしらね、と思いながら、さっそく購入した。

読んでみて、「あ、これは以前にけっこう話題になった舞台の脚本だわ」と気づく。そういえば、公演のビデオをチラッと見たことがあった。我が脳内を分析するに、この本に出会うに至る軌跡は奇跡などではなく、①「石川啄木の詩を読んでいた」→②「石川啄木からタイトルを採った舞台の公演ビデオを見て、『へえ、おもしろいな。戯曲で読んでみたい』と思った」→③「新しくできた古本屋に行くにあたって、戯曲を探す潜在意識が①の記憶となって現れた（しかし②の事実はすっぽり忘れていた）」だけだった。結論として、「やっぱり記憶力が悪い」となるのだが、本の探索にかける情熱が実物を引き寄せたことには違いあるまい。自分になけなしの予知能力があったと認定して悦に入ることにする。

つまり、世の中にあふれる「予知」のほとんどは、経験則に基づく推論（または連想）が、偶然実現したというだけのことなのだ。ううむ。予言者なんていない、ということを、我が身をもって実感してしまったぞ。

『見よ、飛行機の高く飛べるを』は、一九一一年の女子師範学校寄宿舎が舞台の物語だ。まだまだ男尊女卑の考えが強い学校で、女学生たちは元気に暮らしている。折しも『青鞜《せいとう》』が創刊され、新しい女性の生き方に触れた彼女たちは発奮するのだが……。女子校物コレクターたるわたくしは、この作品を女子校物の殿堂に入れました。いやあ、おもしろい。笑いあり涙ありで実に的確に少女たちの心と生態を描いている。

彼女たちは、「生徒は読んじゃいかん」と禁止されている自然主義の文学作品を入手し、田山花袋《かたい》の『蒲団《ふとん》』について激論を交わす。「恋をしたら、好きになった相手の蒲団のにおいを嗅《か》ぐなんて不潔なことを、本当にするものなのか？」などなど。これ……私、同じ記憶があります。いや、蒲団のにおいを嗅いだ記憶じゃなくて、中学の文学史の授業で、田山花袋の『蒲団』のあらすじを知ったときに、クラス中が「ぎゃー、やだ。嗅がないよね、ふつう」と沸き立った記憶が。乙女心は時代を問わず不変です（この戯曲は当然、一九一一年に書かれたわけではなく、一九九七年の作品だが）。

でもふつう、嗅ぎたくなるよな。べつに好きな相手じゃなくても、そこにものすごく汚い靴下があったら、なんとなく怖いもの嗅ぎたさの気持ちが生まれるではないか。

それと同じだ。花袋先生、ごめんね「ぎゃー」って言って。「汚い靴下と恋する相手の蒲団のにおいは全然別のものだ！」とあの世で憤《いきどお》る田山花袋の姿が見えるようだ……。

ところで、冒頭の「だれとつきあいたいか」二者択一。ブラピとディカプリオだと、私は割合はやく結論が出るのだが、どう頑張ってもすぐには答えを出せない二者択一もある。たとえば正宗白鳥《まさむねはくちょう》と島崎藤村《とうそん》。ぐおお、どっちもつきあいたくない！「自然主義」にくくられる文学者で、つきあいたい人というのが即座に思いつかない。時間つぶしにはもってこいなので、暇をもてあました際には文学全集の背など眺めながら、ぜひ熟考してみてください。

的確な人物評

最近つくづく気がついたのだが、私に電話をかけてくる人はみな、第一声が「あら、寝てた?」だ。友人、親戚《しんせき》が軒並み、かけてきた時間が朝だろうと昼だろうと夜だろうとすべて、「あら、寝てた?」と聞く。そんなにいっつも寝てないやい!と言いたいところだが、わりといつも眠っていることは間違いないので、「いやいや、ははは」と笑ってごまかす。まわりの人たちにすごく的確に生活(というか人物像)を把握されちゃってるな、と思い知らされる瞬間である。

しかしそれは、相手が親しい人たちだからだろう。自分をそう納得させていたのだが、先日、その認識を改めねばならない出来事が起こった。

晴れわたった空に誘われ、「映画でも観《み》るっぺかな」という気になって、私はふらふらと家を出た。まったくいまさらではあるが、漫画好きとしては『ピンポン』を観ておかねばならない。いまはどこで上映されているのかしら、とインターネットで調べると、ちょうど沿線の映画館でやっていた。そこで私は電車に乗って、ずんずんと山のほうへ運ばれて行ったのだ。

ややさびれた郊外（よりもやや田舎寄り）の町に、私は降り立った。初めて来る駅なので、映画館がどこにあるのかよくわからない。貼《は》りつけられた「駅周辺図」を見ながら改札付近でうろうろしていると、人相風体のいかにもあやしいおじさんが近づいてきた（よれよれのシャツとズボンに雪駄《せった》履き）。

「おう、あんた。トウキイチならあっちだよ」

「はい？」

何を言われたのかよくわからない。おじさんはにこにこしながら、

「トウキイチに来たんでしょ」

と、駅の窓から外を指差す。さびれた駅前の空き地に、「陶器市」と染め抜かれたのぼりが何本か立っていた。

「……ちがいます。私は映画を観に来たのです」

「えいがぁ？」

おじさんは私を上から下まで眺め、「そっか。映画か。それなら向こうだ」と、陶器市とは逆の方向を指した。

「向こうの階段を下りて信号を渡ったらすぐだから」

「どうもご親切に……」

私は礼を言っておじさんと別れ、映画館に向かった。しかしその胸の中では、疑問が台風のごとく渦巻いていた。

田舎の駅といえども、それなりに人出はあり、若い人もたくさんいた。その中で、単なる通行人らしき近所のおじさんがわざわざ私に歩み寄って道を教えてくれたのは、ここが田舎ゆえの親切心だろう。しかし、なにゆえにおじさんは、あんなに確信を持って私を陶器市へ行く人間だと勘違いしたのだ？　私は「陶器市へ行きそうな感じ」のオーラを醸《かも》し出しているのだろうか？　そんなまさか！　私は若者に大好評、満員御礼のコジャレ映画『ピンポン』を観に行く心づもりだったのに。どうして「陶器市」なんていう、百八十度方向性の違ういぶし銀のオーラを振りまかねばならないというのだ。

なんか格好が陶器市っぽかったのかな、とか（それにしても「陶器市っぽい格好」ってどんな格好だ）、もしかして靴と間違えて茶碗《ちゃわん》を履いてきたりしていないよな、とか、千々に乱れる心を抱いて『ピンポン』を鑑賞した。

映画は、原作の漫画に忠実に作られていて、特に「おおっ」という驚きはなかったが、じゅうぶんに楽しめた。アラタが動いてしゃべる姿を初めて（スクリーン上でだが）見たことと（それまでは雑誌モデルとしての彼しか知らなかったので）、窪塚洋《くぼづかよう》介《すけ》ファンらしき女の子たちが、「窪塚くんがやると、卓球もテニスみたいにかっこいいね！　キャピッ」と語っていたことが、特筆すべき事項だろうか。いや、君たち。温泉卓球じゃないスポーツとしてのピンポンは、窪塚くんがやらなくとも、スピード感あふれるかっこいい競技だと私は思うのだがな……。

満足して映画館を出た私は、駅の反対側で催されていた件《くだん》の「陶器市」も一巡りしてから帰ることにした。陶器市会場にはスピーカーからガンガン流れる演歌が充満し、目の色を変えたおばさんたちが信楽焼《しがらきやき》のタヌキとかを熱心にあさっていた。私の気分はもう、予言に翻弄《ほんろう》されるオイディプス王かマクベスか、という感じであった。

おじさん！　私はこの陶器市にふさわしい人間なんですか？

これが私の体験した、道行く人にすら、容易に人間性を見透かされてしまった恐ろしい話である。

この話をしたら、Tさんが、「私もこのあいだ、期せずして見知らぬ人の生活というか関係性を目の当《ま》たりにしてしまったわ」と、おもしろい一件を語ってくれた。

Tさんは安売りの洋品店で働いている。

ある日の夕方、二人連れの男性がやってきた。一人は五十代で野球帽をかぶり、もう一人は三十代のおとなしそうな人だった。二人は仲良く語らいながら、熱心に野球帽を選んだ。ややして、五十代の男のほうが、お揃《そろ》いの野球帽を二つ持って、レジに会計しに来た。

Tさんは「もしや、この二人……」と、期待で胸が高鳴るのを抑えることができなかった。

はたして、支払いを済ませたその男性は、「包まなくていいです」と言い、自分の頭に載っていた野球帽を取り、買ったばかりの野球帽のうちの一つをかぶった。そして連れの男性に、「はい、これ」ともう一つの野球帽を嬉《うれ》しそうにかぶせた。連れの男性のほうは、「ありがとう」とはにかむ。五十代の男性は、元々かぶっていた野球帽をTさんに渡し、「これは捨てといてください」と言った。

「そして二人は、お揃いの真新しい野球帽をかぶって、とーっても親密な様子で去っていったのよ！」

Tさんは、「予言は成就《じょうじゅ》した！」と言わんばかりに、感極まった口調で話を締めくくる。

「いい話や！」

私は号泣した。「しかし、それホントに実話ですか？　Tさん、作ってない？」

「ないない！　本当に百パーセント実話だから、私もこうして驚きの報告をしてるのよ」

「どこの球団の野球帽でした？」

「それが、衝撃のあまり覚えてないのよ。私、野球に詳しくないし。でもホントだってば！」

「いやいや、わかってますよ。Tさんがそんな嘘《うそ》ついたって、なにも得することないんだから。それにしても、すごい話ですね……。その五十代の男性は、新しく恋人ができるたびに、お揃いの野球帽を買うのでしょう。Tさんはつまり、その男の前の恋人との記念の品を、処分する役割を振られてしまったわけなんだなあ」

「そこまで考えてなかった……。そうか、かぶってきた帽子は、別れた男とお揃いで買ったものだったのか。なんだか知らないうちに、呪《のろ》われそうな役目を果たしちゃったわねえ」

「しかし、そんなにあからさまなバカップルって、男女でもめったにいないですよ」

「彼らの行く末に幸《さち》多かれ、と願うのみね……」

その二人は実は草野球チームのメンバーだった、などというオチがつくほど、世の中は複雑ではない、と私は信ずる。
やはりその人物の内実は、外見、行動など表面に的確に現れるものなのだ。

金返せ！　とは思わなかった

電車の中で、三人のうち若き女性がコンビーフの話をしていた。そうしたらそのうちの一人が、「コンビーフってなに？」と真剣に疑問を呈したので、残りの二人と聞き耳を立てていた私は非常に驚いた。

「え!?　なにってほら、肉みたいな〜、缶詰みたいな〜」

と友人に説明する彼女たちのそばで私も、

「そうそう、肉なのに繊維質っぽいっていうか〜、こう、キリキリって巻いて開けるっていうか〜」

と内心で援護射撃するが、どうやら問題のその子は本当にぜんっぜんコンビーフを知らないらしく、

「ふーん」

などと心もとないリアクションしかしない。

いやあ、びっくりしたなあ。まさかコンビーフを食べたこともなければ見たこともない人がいるなんて。ご来光を見に富士山に登れよ。そうしたらきっと、山頂でコンビーフを肴《さかな》にウィスキーで乾杯したりするから。富士山に登ったことのない私からの、はなはだ心もとないアドバイスである。

映画を観《み》ようと思って電車に乗ったのだが、なかなか幸先《さいさき》のよいスタートだ。このぶんなら、観る予定の映画ももしかしたら「当たり」かもしれない。なんだかすっごくダメダメな映画の予感がしていたのだが、あるいは……。

私ははかない期待を胸に、電車を降りて映画館に向かった。

いくつもスクリーンのある大きな映画館の券売所は、蛇行した人の列で埋まっていた。うぬぬ、これではもう席はいっぱいかもしれぬ。私はジリジリしながら順番を待ち、ようやくたどり着いた窓口で告げた。

「『T．R．Y．』一枚ください」

そう、織田裕二《おだゆうじ》主演の『T．R．Y．』。なんでアルファベットのあいだにわざわざ「．」がついてんのか、よくわからない『T．R．Y．』。公開してすぐに観にいくなんて、よっぽど織田裕二のことが好きなんだな、と思われても仕方のない『T．R．Y．』。カーッと頬が赤くなる。私だってホントは、『グレースと公爵《こうしゃく》』とか観たかったんだ。でもやってないんだよ、近くの映画館では！　だれにも何も言われていないうちから、言い訳が口をついて飛び出しそうだ。

「もう満席です」と窓口のお姉さんに告げられるのを半ば覚悟していたのだが、あっさり「はい。どこのお席がよろしいですか？」と反問され、たじろぐ。え、席も選べるんですか。じゃ、この長蛇の列はいったい何を目当てに並んでる人々？　世界が織田裕二を中心に回っていたのは、私だけだった。どうやら他の人たちの世界の中心は、『ハリー・ポッターと秘密の部屋』や『ギャング・オブ・ニューヨーク』にあったらしい。

この羅針盤は狂っているみたいだ。自分に内蔵された「人気者を嗅《か》ぎ分ける機能」に不信を覚えつつ、公開二日目にして早くも興行収益に翳《かげ》りが感じられる『T．R．Y．』上映館内に入る。

それで映画がはじまったわけだが……。「当たり」かも、というはかない期待は打ち破られた。うーん、もうお手上げ。どこからつっこんだらいいのかわかりません。千手《せんじゅ》観音でもつっこみきれぬほどで、私は笑いに腹筋を震わせた。

一応あらすじを説明すると、二十世紀初頭の魔都上海《シャンハイ》で、ペテン師の織田裕二が清朝《しんちょう》打倒を目指す中国革命派と手を組み、日本陸軍から武器をだまし取る、というストーリーだ。もちろん主題歌も織田裕二。彼の主演作を観るなら、その点についての異議申し立ては許されないのだ。

どんな映画に対しても愛を持ち、少しでもいいところを見つけて褒めよ、と故淀川《よどがわ》長治《ながはる》先生はおっしゃった。私も同感だ。何について語るにしても、その対象への愛がなければならぬ。愛がないのなら黙して語らずにおけ。

いま自分の心を点検するに、私にはこの映画へのあたたかい眼差《まなざ》しはあると思う。少しでも多くの人に観てほしい。そして語り合いたいのだよ、この映画（の愛すべきヘタレぶり）について！　ああ、今日ほどだれかと一緒に映画を観にいけばよかったと思った日はなかった。どうでしょう、淀川先生。わたくしめにこの映画について語ることを許可していただけるでしょうか？　……（天国と交信中）。そうですか、では。

ええと、先生からお許しが出たので、『T.R.Y.』のとっておきの見どころをお教えしよう。これを聞けば、きっとみんな映画館に足を運びたくなるはずだ。

なんと、陛下役が丹波哲郎！

ブラボー！　これ以上ないキャスティングです。御前会議のシーンで私は、「てっろぉぉぉー！」とメーテルも顔負けなぐらい快哉《かいさい》を叫びました。しかしハタと我に返る。ちょっと待って。哲郎、何天皇なの？　映画の舞台は二十世紀初頭の上海ということなのだが、大正天皇だとしても昭和天皇だとしても、哲郎はちょいと（ていうかかなり）年を取りすぎているのでは……。

後でパンフレットで確認したところ、哲郎は陛下役ではなく陸軍大臣だった。なんだい、渡辺謙（陸軍中将役）があまりにかしこまるから御前会議に間違いないと思ったのに、ただの陸軍会議だったのか。さすが大霊界。大臣なのに陛下の貫禄《かんろく》だ。

これではどうもみなさんに「観たい」と思っていただけそうにないので、もう一つ見どころを挙げると、武器商人の三矢興産社長役が伊武《いぶ》雅刀《まさとう》。これも、うまい！　と私は思ったのだが、ダメですか。ダメでしょうね……。いいんだ、私の羅針盤はいつだって暗黒大陸を指すんだ。

もうおすすめのポイントも挙げつくしたので本題に入るが、この映画を観てわかったことがある。織田裕二、君はものすごく暗い役をやりたまえ！　ドラマ『新説三億円事件』の演技はよかったぞ。中途半端《はんぱ》に軽妙洒脱《しゃだつ》な役とか、アクションとかやめたほうがいい。もしくは、『卒業旅行　ニホンから来ました』の一発太郎役ぐらいはじけるか、どっちかだ（それにしても私、織田裕二出演作をいろいろ観てるな……）。

それから大森一樹《かずき》監督。非常に手堅い演出ですが、暗殺者がらみのシーンはことごとくギャグになってます！　暗殺者がとんでもない女装で現れたときは私、本気で「人生案内」にお便りを書こうかと思いました（監督は読売新聞紙上の人生相談コーナー回答者の一人）。ラストにかけての台本の詰めの甘さを、監督はだれかに相談できなかったのかな……と、監督自身の悩みについてしばし思いを馳《は》せる。

渡辺謙はさすがの演技で、張作霖《さくりん》爆殺事件→勝手に満州国独立って感じの正統派（？）日本陸軍軍人ぶりだ。飼い犬がシェパードだったり、織田裕二を鞭《むち》だか軍刀だかでノリノリで打ちのめしたり、小技が利《き》いてる。そのへんの変態ぶりを、台本や演出でもっと掘り下げてくれたら、とつくづく惜しまれる。
ま、「言うは易《やす》し」で、文句もあるがまあまあ合格点だろう（↑偉そう）。とにかく観た後に、「それでいいのか!?」と話が弾むはず。映画ってのはそれだけでもう、観た甲斐《かい》があったというものだ（私の映画に対する合格基準は低すぎる、という説もあるが）。

日中韓の役者がそれぞれ異国語に挑戦しているのも楽しく、どうも若い人ほどそれらしく発音する傾向にあることを発見。やはり語学習得は若いうちに励むのが吉だ。松岡俊介《しゅんすけ》はいいッスね。ツボを外さぬ演技だ。これからもますます引っ張りだこになって活躍するだろう、と確信した。

食べてみて、「これホントに肉なのか?」と思わず成分表を確認してしまうコンビーフ。しかし醤油《しょうゆ》をかけ、おいしいおかずとして三杯ぐらいご飯を食べてしまうコンビーフ。『T．R．Y．』はまさしく、そんな映画だ。おいしく食べられるかどうかは、まさに観る者の心がけと工夫次第。

私は喜んで咀嚼《そしゃく》し、おいしくたいらげました。

二章　夢のような話

ムネオ号で行く九州の旅

私はいま、九州にいる。温泉に入り、おいしい物を腹が裂けるまで食べようではないかという趣旨のもと、阿蘇山《あそさん》より北のあたりを漠然とまわっているのだ。一週間ほどの予定の旅も、そろそろ終わりに近づいてきたところ。まずは、旅の相棒たちを紹介しましょう。

白リンゴちゃん（ｉＢｏｏｋ）。こうして原稿を書いたり、ネットサーフィンをしたりする際に大活躍中（使いこなすまでの苦闘については、後の回で詳述していま す）。旅先でまで夜中にネットサーフィンしてるのか、というツッコミはナシにしてくだされ。行き当たりばったりの旅のため、宿の予約も泊まる前日や当日にする始末。毎晩のように慌《あわ》てて、空《あ》いている安い宿はないかと検索に励んでいるのだ。なんとも便利な世の中になったもんじゃのう。

友人のＩちゃん（特技：食い物の看板に敏感に反応する）。いま彼女は、宿のコタツを挟んで向かいに座り、テレビを見ている。白リンゴちゃんでパカパカと文字を打つ私を、嫌だと言ってるのにカメラに収めやがりました。「文豪っぽく、まじめな顔をしてパソコンに向かえ」と無茶な演技指導をしてくる。そのくせ、「あ、久米宏《くめひろし》（ニュースステーション）が一緒に写っちゃった。ま、いっか」とか言うのだ。いいのかそれで！　演技指導までしたくせに！

　最後に、スズキ＝小回り＝ムネオ。ただ単にスズキの車だからというだけで、私たちに「ムネオ」と呼ばれてしまっている銀色の可愛《かわい》い子だ（このころは鈴木宗男氏が世の人々の話題の中心にいたのです）。「小回り」はIちゃんと私とで付けたミドルネーム。どんな細い道でもスイスイ走る、なかなか優れもののレンタカー。山道になると途端に、「俺はもうダメだよ。離党させられちゃったし」とヘタレるのが玉に瑕《きず》だろうか。そのたびに、「ムネオ、がんばれ！　まだ議員辞職させられたわけじゃないぞ！」と励ます私たち。熱い声援を受け、ムネオは今日も九州を走ります。

　ムネオを運転するのは、もちろんIちゃんだ。彼女は、私がどんなに「疲れたでしょ。替わろうか」と持ちかけても、決してハンドルを渡そうとしない。Iちゃんには、「しをんにハンドルを渡すなんて、濃霧の発生している山道を疲労度MAXで運転するよりも危険なことだ」という絶対の確信があるのだろう。その期待に応《こた》えてやろうじゃないかと何度も運転の交代を申し出たのだが、Iちゃんは死んでもハンドルを離さない覚悟のようで、いまのところまったく隙《すき》を見せない。

九州での私たちは、昼は茹《う》だりすぎて内臓がとろけそうなほど風呂《ふろ》につかり、夜は赤ちょうちんがぶら下がる店の縄のれんをくぐる、という生活を繰り返している。極楽だ。しかし極楽生活にも苦しみはある。限度というものを知らない私たちは、露天の岩風呂にも何軒も入ったから、お尻《しり》が赤くすりむけてしまったのだ。温泉の熱いお湯に刺激されるたびに、チリチリとお尻が痛い。だがその痛みに耐えてこそ、真の温泉愛好者だと言えるはずだ。私たちは、一日に二〜三軒というペースを落とすことなく、温泉をはしごして入浴を続けている。

どの温泉もそれぞれに趣向をこらし、風呂から見える風景にも気を配って人々を待ち受ける。しかし、訪れてくれた人を満足させたい、という温泉側の熱き思いが、時としてとんでもない事態を発生させることもある。過剰な趣向とでも言おうか……。

今回の旅で私のハートを一番鷲摑《わしづか》みにした場所、それは、いま話題の黒川でも湯布院でもなく、古来有名なB温泉である。

B温泉には、「地獄めぐり」と称する観光名所がある。様々な温泉がブクブクと湧《わ》き出ているところを、人々が巡って見物するという趣向なのだが、途中からなんだか訳がわからなくなってくる。湧き出る湯を見に来たはずなのに、突如として動物園が併設されていたり、温室でバナナが育てられていたり、ワニが折り重なって昼寝していたり、妙ちくりんな庭園の池が温泉だったり、はりぼての鬼や龍《りゅう》がいたり、必ずみやげ物屋を通らないと見物できなかったりで、とにかく悪夢のようなワンダーランドになってしまっているのだ。

訪れる客もほとんどが、大型バスで乗りつける老人の団体、といった感じ。私はけっこう、悪夢のような観光地は好きなので、「うむ、この湯気の噴き出し方はあからさまに怪しい……。きっとこの岩山の陰で、おじさんが送風してるにちがいないわ」などと、はしゃいでワンダーランドを満喫してしまった。ちなみに、「地獄めぐり」の地獄は八カ所もある。鬼やらワニやらの棲息《せいそく》する奇妙奇天烈《きてれつ》な名所が八カ所。まさに地獄が目白押し、といった感がある。

濃厚な観光地テイストに慣れていなかったIちゃんは、あまりの泥臭さに脳と感受性の許容量が限界を迎えたらしく、最後のほうでは、「もうダメ、いっぱいいっぱいだよー」と弱音を吐いていた。私は「地獄めぐり」の近くにあった巨大な秘宝館にもかなり行ってみたかったのだが、ここまで弱っているIちゃんを秘宝館などに連れていったら本当に死んでしまいかねないので、やめておくことにした。

地獄から無事に帰還した私たちは、B温泉の町をぶらぶらと散策した。すると、一軒の古本屋を発見。さっそく入ってみることにした。

そこは老夫婦のやっている小さな店で、古ぼけたビルの一階にあった。土間部分にやる気のない感じで本が並べられている。それでも、掘り出し物があるかもしれない、と熱心に棚を見ていた私たちなのだが、ふと、古本屋に似つかわしくない物が目の端に入った。

冷蔵庫……冷蔵庫がある……。

老夫婦は売場の奥にある三畳ほどのスペースに座っていた。土間よりも一段高くなったその場所で、彼らは仲良く並んでテレビを見ていたのだが、ふいにおばあさんが立ち上がり、冷蔵庫を開けた。冷蔵庫の中には、卵やらなにやらがぎっしりと入っている。

Iちゃんと私は、素早くアイコンタクトをかわした。

「この人たちもしかして……、この店の中で寝起きしてる？」

「住んでるよ。絶対に住んでるよ、あの売場との仕切がなにもない三畳のスペースに！」

三畳のスペースの奥はすぐに壁で、二階に上がれるような階段も扉もなにもない

(便所の扉らしきものが一つある)。どうやら老夫婦は、古本の山に囲まれ本棚に圧迫されつつも、店内に居住空間を確保して暮らしているようなのだ。

そこが彼らのプライベートな空間だとわかったからには、あまりそちらをじろじろと見るわけにもいかない。私たちはレジスターのあるほうから微妙に視線をそらしつつ、本の物色を続けた。もちろんぬかりなく、老夫婦の会話や気配も追う。

おばあさんは、おじいさんにチャンネル権を譲るよう、ねばり強い交渉を続けていた。

「ほら、おじいさん。これおもしろそうでしょ。チャケアスカ(チャゲ&飛鳥《あすか》のことだ)が出るんだって。見たいわ」

「んー」(どうでもいい感じでニュースを見続けるおじいさん)

二人はしばらく黙ってニュースを眺めている。またおばあさんが口を開いた。

「小泉総理って腰が悪いわよ、きっと。これは腰の悪い人の座り方だわ」

「んー」(どうでもいい感じがきわまってすでに寝言みたいな受け応え)

耳をそばだてていた私たちは、笑いをこらえるのに必死だった。腰の悪い人の座り方、っていったいどんな座り方なんだろう。

Iちゃんが意を決して、一冊の本をレジ(というか居住空間の入り口あたり)に持っていった。おばあさんがすぐに愛想良く、畳の上から応対してくれる。無事に本を買い、衣食(職)住が密接すぎるほどに密着している不思議な古本屋を出て、私たちは再び道を歩きだした。やがてIちゃんが、神妙な顔をして切り出した。

「見た?」

「え、なにを?」

「あのおじいさん、すでに寝る準備を整えて布団《ふとん》まで敷いていたよ」

「あの狭いスペースに? やっぱり三畳に二人で暮らしてるんだ」

「それがさあ、おじいさんはコタツに入るみたいに布団に入って座ってるんだけど、上半身はきちんと背広を着たままなんだよね」

「やはり身仕舞いはきちんとしないと。まだ店のシャッターも下ろしていないし」

「それはそうなんだけど、背広を着て布団に入ってる図って、なんだか妙だよ」

「見えないけれど、下半身は絶対にもうズボンを脱いで、ステテコ姿になってるにちがいないよね」

私たちは耐えきれずに、うふふあははと笑い転げてしまった。古本屋の店番をしながら、上半身だけ背広を着て布団に入っている老人。かつて、これほどまでに本を愛する人間を見たことがあっただろうか。

いや、もしかしたらおじいさんとおばあさんは本なんて全然好きじゃなくて、商売として仕方なく古本屋をやっているだけなのかもしれない。そして結果として本に場所を取られて、職住一体になってしまっただけのことなのかもしれない。どういう変遷《へんせん》があって、彼らがいま古本屋を商っているのかはわからない。ただ言えるのは、B温泉の住人には、この老夫婦のように、なんだかキャラクターが濃くて突拍子もないことをやらかしている人が多いようだ、ということだ。

B温泉の町の居酒屋にいた客も、ものすごい酔っぱらいとか、二十年ぐらい前のデザインとしか思えない黄色いスーツを着た女性（頻尿らしくしょっちゅうトイレに立つ）とか、そういう人ばかりだった。私たちはB温泉町をとことん楽しみ、人々のブッ飛びぶりを堪能《たんのう》した。

九州のどこの温泉も、客を呼ぶために洗練されていたが、昔ながらの温泉街の泥臭さにあふれたB温泉のような所もたまにはいい。私たちは人気のある黒川温泉にも行き、そこはなるほど素晴らしかったのだが、一番強烈に印象に残っているのは、なぜか洗練とは対極にあるB温泉の猥雑《わいざつ》さと、そこに住む人々のおもしろさなのだ。

B温泉の湯を浴びた私たちは、B町人の集う居酒屋で夜遅くまで語り合い、ガツガツと食べて飲んだ。隣の席では、B町の若者として将来有望そうなバリバリのヤンキ

I少年が、ものすごく太った女の子を口説いていた。

「ホントに楽しくて大好きだな、B温泉」とつくづく思った。Iちゃんは飲みながら、「ああ、地獄めぐりのすさまじいチープさが脳裏にこびりついて離れない～」とうめいていた。

大観光地B温泉。台頭する洗練された温泉たちに負けずに、これからもぜひ独自の泥っこい美学を追求していってほしいものである。

夢のような話

九州旅行も終わってしまい、魂が抜け殻になっている今日このごろです。

ああ、なんで楽しい時間ってアッという間なんじゃろう。後先を考えずに旅に出たせいで、帰ってからなんだか忙しいし、何を楽しみに日々暮らしていけばいいのかしら。今度はやはり、「夏の沖縄・離島の旅」をしたいものだなあ、などと次の旅行への夢想ばかりが広がっていく。その前に働かないといけません。貧乏旗本の三男坊とかに生まれて、江戸の悪を懲《こ》らしめつつブラブラしたいものだ。

楽しい時間の記念に残ったのは、旅の記憶と古本と焼酎《しょうちゅう》。焼酎は着々となくなっていってるし、記憶は完全には脳内に留められない。しかし、旅先で買った古本は部屋に残る。本の重みで家屋が倒壊するまでは。

私はまたしても、旅先で古本をガツッと購入してしまったのだ。

旅の道連れIちゃんは、料理がすごく得意で、その延長線上の趣味なのか、器も大好きだ。それで、せっかく九州に来たからには、ぜひ焼き物を見ていこう、ということになり、私たちは旅の最終日に唐津に行った。

唐津はこぢんまりとした古い城下町で、建物を見るのにも景色を眺めるのにも適した場所だ。商店街が縦横に走っていて、焼き物のお店がいっぱいある。Iちゃんは、「あれもいい……。あ、これもいいなあ」と目の色を変えて、陳列されている唐津焼に没頭した。

私も最初は、素朴なようでいて釉薬《うわぐすり》で様々な表情を見せる唐津焼を眺めていたのだが、Iちゃんはまだまだ選ぶのに時間がかかりそうだったので、ちょっと商店街を歩いてみることにした。すると、商店街の横穴のような薄暗い場所で、「古本市」をやっているのを発見！　ぬおお、と一気に血圧が上がり、手書きの看板に導かれるまま、お店の勝手口が並んでいるような、行き止まりの妙なスペースへと侵入していった。

商店街の裏にある日当たりの悪いコンクリートの空き地で、古本市はひそかに開催されていた。先客は黒猫が一匹。なぜか店番の人も見あたらない。空き地にいきなり本棚が並べられているのだ。なんだか変な古本市だな、と思いながらも、昼寝中の猫を追い払いつつ本を物色した。おおー、あるわあるわ。佐々木丸美《まるみ》の単行本や、横溝正史《せいし》の絶版の文庫がわんさかある。しかもものすごく安い。

古本好きなら一度は夢見たことがあるであろう、「細い路地を行くと古ぼけた古本屋があり、そこには欲しかった絶版本が埃《ほこり》にまみれて山と積まれていた」というシチュエーションに、かぎりなく近い状況が現実に起こったのだ。

私は鼻息も荒く本を腕に抱えていき、地面に這《は》いつくばるようにして隅々まで棚を見ていった。途中でIちゃんから、「どこにいるの～？」という電話がきて、「すごい場所を発見したのさ」と喜び勇んで迎えに行く。もちろん、買おうと思って選んでおいた本はワゴンの上に積んでおき、猫に見張りを申しつけておいた。「これは私が買うから、他の人が来ても売っちゃダメだからね」と。その黒猫以外に、店主らしき生き物が見あたらないのだから仕方がない。

Iちゃんも、商店街の裏にひっそりと古本が並べられているのに驚いた様子だったが、

「ところでこれ、どこでお会計すればいいの？」

と、もっともな疑問を呈した。私も本を腕に抱えたまま、途方に暮れる。ホントにこの黒猫にお金を払うのだろうか？　その時、本棚に小さな張り紙があることに気がついた。

「お会計は『さかえ食堂』でおねがいします」

さかえ食堂？　どうして食堂が古本を扱うのだろうか。首をひねりつつもあたりを見回してみると、たしかに古本市をやっている空き地に面して、食堂ののれんが下がっている。私は、「ごめんください」とさかえ食堂のドアを開けた。

食堂はカウンターと土間に数席、という小さな店で、ちょうどお昼の定食を食べる地元の人々でにぎわっていた。ガツガツと目玉焼き定食らしきものを食べている人の背後から、失礼して奥に呼びかける。

「すみませーん、表の古本を買いたいんですが」

食堂の奥さんらしき人が出てきて、ものすごく珍しそうに私の差し出す古本を受け取った。「まさかホントに買う人がいるなんてねえ」といった感じだ。

「この古本は、このお店で出している物なんですか？」

と聞くと、奥さんは「いいえぇ」と笑う。

「この通りを行った所に古本屋さんがあるんですよ。そこが出しているんだけど、手が足りないからっていうことで、お代はうちがお預かりしてるんです」

なるほど……。なんとものんびりした商いをしている古本屋があるらしい。そっちも覗《のぞ》いてみよう、と心に決めて、私は食堂の奥さんにお金を払った。

「袋はたぶん、棚のどこかにありますから」

と教えてもらう。また空き地に出てみると、電話を置くような小さな棚に、たしかにビニール袋が入っていた。一枚もらって、買った本を入れる。

まだ焼き物を見るというIちゃんと別れ、私は古本市に出店している古本屋本体を探すことにした。念のために郵便局で金を下ろしてから、さあ古本屋探しに出発だ！

ところが、通りから一回離れてしまったため、どこにあるのかなかなか見つからない。食堂の奥さんが言っていたのはこの辺のはずだが……とうろうろ歩いていると、なんだか変な所に出てしまった。ものすごく豪勢な木造二階建ての古いお屋敷（しかし豪快に崩れかけている）と、風俗店が建ち並ぶ通りだ。その組み合わせがあまりにも妙で、きょろきょろしていると、前方から続々と黒塗りの車が押しかけ、中から黒いスーツを着た男たちが次々に降りてくる。そしてみんな、一軒の風俗店に入っていくのだ。

な、なんだなんだ、こんな真っ昼間から何かの会合でもあるのか？　静かな城下町と思っていたが、なにやらそれだけではない蠢《うごめ》きが感じられる唐津の町である。その崩壊したお屋敷と風俗店の並ぶ一角に、目指す古本屋がようやく現れた。その店の前に立った私は、武者震いを止められなかった。

これまた崩れそうな、木造平屋建ての小さな古い店だ。木枠の引き戸の両側にあるショーケース。そのガラスも薄汚れていて、中に展示された本も日に灼《や》けてしまっている。これだ……古本屋はこうでなくてはならぬ……。そう思いつつ、ガタピシする戸を開けると、ぐおおお！　奥行きのない土間に三列に本棚が並べられ、床から天井までを本が覆《おお》いつくしている。昼でも薄暗い店内をオレンジ色の電球が照らし、客は細い二本の通路を横這いで移動せねばならない。

あああああ、こんなに理想の古本屋があってもいいものなのかしら。私は感動と期待のあまりほとんどしゃくり上げそうになりながら、カニ歩きで本棚を眺めはじめた。土間の奥に人の気配はあるのだが、本に埋まってしまって姿は見えない。客が来たというのに、声をかけてもこない。「好きにしろ」というありがたいムードが漂っている。私は思う存分、棚や床に積まれた本を掘り返した。

これまたあるわあるわ。八切止夫《やぎりとめお》の本など、驚きの品揃《しなぞろ》えだ。欲しがっている人はきっと、涙を流して喜ぶことだろう。私も、佐藤史生《しお》の持っていなかった単行本や、竹宮恵子《けいこ》の画集などを低価格でガツガツと積み上げた。

途中、興奮のあまり便意をもよおす。いや、旅行中って便秘気味になるじゃないですか。Iちゃんと私もご多分に漏れず便秘になり、「困ったねえ」と言い合っていたのだが、素晴らしい古本屋を見つけた興奮のおかげで、もよおしました。古書探索を切り上げ店の外に出て、商店街の中の休憩所で用を足す。そして再び舞い戻り、探索を続ける。するとまたIちゃんから「どこにいるの～？」という電話があり、迎えに行って古本屋まで連れてくる。Iちゃんも黙々と古本を眺め出す。

そんなふうに出たり入ったりしているのに、店主は一度も姿を見せない。ようやく、買う物を決めて店の奥にあるレジまで本をかきわけて近寄っていった。するとそこには、さっきの空き地にいた黒猫が……ということはなく、大量のエロビデオに埋まるようにして、物静かそうな中年の店主が座っていた。彼は裸電球の下で熱心に文庫本を読んでいた。

いいなあ、この人。絶対に今の今まで、客がいることにも（そしてその客がトイレに行ったりするために頻繁に出入りしていたことにも）気づいていなかったよ。

「古本市を見て、このお店にも来たんです。あの市は、何軒かの古本屋さんで出しているものなんですか？」

と聞くと、店主は、

「いいえ、うちだけです」

と言う。うぷぷ、なんだかおかしい。つまり、あの商店街の裏の「古本市」は、「市」というよりは、このお店に置ききれなくなった本を並べておく場所だったらしいのだ。

店主は物静かなまま、しかし決してとっつきにくい感じではなく、本を袋に詰めてくれた。

その後、腕がひきちぎれそうなほどの量の本を両手にぶら下げて、Iちゃんと私は唐津城に行った。城は桜が満開で、そこから眼下に開ける海も素晴らしかった。しかしIちゃんは何よりもまず、城の駐車場のトイレに駆けこんでいったのであった。

「さっきの古本屋のおかげでもよおしたよ！」

と言って。ありがとう、唐津の古本屋さん！

どうして本のある所ではもよおしがちなんだろうか。本に特有の埃のにおいが原因ではないかと踏んでいるのだが、ぜひとも科学者たちに解明してほしい謎《なぞ》である。

左側が熱いのは、きっと心臓に近いから

宅配便が届く予定だったので、家でそれを待ち受ける。

午前中に来るかしら、と思っていたが、昼を食べてもまだ来ない。遅いなあと待ちくたびれた私は、ドラ○もんごっこをはじめてしまった。

「うわあーん、ドラ○もーん」

「のび太くん、ぼくは未来に帰ることにしたよ。元気でね……」

「いやだよう、ドラ○もん！」

「のび太くん……！」

ベッドに寝っ転がって天井を見上げながら、ひとり芝居（声のみ）を大熱演。途中に設定を考える短い沈黙（どうしてドラは急に未来に帰ることにしたのか、など）を挟みながらも、二十分にわたって「ドラ○もーん」「のび太くーん」とやらかす。

ベッドの上をごろごろ転がりながら、大声でひとしきりドラ○もんとのび太の物ま

ねをしてスッキリした私は、ふぅ、と起き上がった。それにしても荷物が来るのが遅い。今後の予定に差し障《さわ》りがあるではないか。

念のため玄関をのぞきに行くと、

「お留守のようなので、また後で配達いたします。十四時二十分」

という宅配便屋の不在時配達通知が！

おお、なんということだ。十四時二十分といえば、私のドラ○もんごっこが佳境にさしかかり、もっとも白熱していたときだ。うーむ、大声を出していたので玄関のチャイムに気づかなかったぞ。しかし「不在」ってことはないだろう。ちゃんと玄関まで聞こえていただろう、私の熱演が！　あまりの迫真の演技に宅配便屋も恐れをなしたのだろうか、いなかったことにされてしまったよ。ちぇ……。

しばらく部屋でたそがれるも、荷物が届かないことには仕事も始まらないから昼寝をすることにした。

バスに乗って川べりのものすごく細い道を走り、近所の高校の校庭をつっきるとそこは明治神宮前だった。まあ、家からこんな短時間でバスに乗って明治神宮前に行ける道があるなんて知らなかったわ〜、ふだんなら一時間半はかかるのに。と、感心したら目がさめた。もうとっぷりと日が暮れていた。

私の今日一日はなんだったんだ。ドラ○もんごっこを（一人で）して、夢を見て終わりか。そして荷物はいつ届くんだ。

いつまでもむなしさにうちひしがれていてもしょうがないので、気を取り直して書いたのがこの文章だ（宅配便はその後、夜になってようやく届いた）。実は、これは新たに購入したｉＢｏｏｋ（通称・白リンゴ）で書いているのだ！

私も少しパソコンに慣れたから、メールの設定はお茶の子さいさいであった。進歩したものよ（いや、パソコンが、ではなくて私が、だ）。気まぐれな青リンゴ（ｉＭａｃ）に振り回されるだけ振り回され、隷従《れいじゅう》してきた私にしてみると、白リンゴちゃんは死んでるのかと思うぐらいにおとなしい。

だいたい青リンゴのやつときたら、いついかなる時でも工事中かと思うぐらい「ガタガタブンブン」とうるさいのだ。ところが、新しく来た白リンゴちゃんは、たまに奥ゆかしく「カタカタ」と音をたてるぐらいで、あとは静かに黙っている。

だがリンゴ一族には必ず落とし穴があるのだ。おとなしいかに見えた白リンゴも例外ではなかった。白リンゴはノートパソコンなのだが、左手を置く部分が妙に熱くなる。書いているうちに左手だけ火照《ほて》っちゃってしょうがない。これはまあ、「白リンゴは熱いハートの持ち主なのだ」ということで納得しよう。しかし。問題はこれだけではないのだ。

白リンゴはなぜかCDを受けつけてくれない。「私はいま、パンチ・ザ・モンキーを聴きながら仕事をしたい気分なんだっつうの！」といくら言っても、どうしてかCDを読み取ろうとしない。なんでだ？

これについては原因不明。たぶん私がいけないんだろうけれど、こんな初歩的な問題については「ヘルプ」にも載っていなくてお手上げだ。さらに困ったことに、私の部屋で音楽を奏《かな》でてくれるものはパソコンしかないのだ（CDデッキはもう随分前に御臨終を迎えたまま放置されている）。仕方がないから、青リンゴにCDを奏でさせ、その前に白リンゴを置いて仕事をする。なんだかな〜。ノートパソコンの意味がないじゃないの、これじゃあ。

だがCDの問題以前に、白リンゴはすでにノートパソコンとして失格なのであった。なぜなら、私の使っているPHSがあまりにも古い機種なため、白リンゴとつなげるUSBケーブルがないのだ。よって、家の電話線を使うしかなく、青リンゴの電話ケーブルを抜いては白リンゴの電話ケーブルを差しこむ、というはなはだ格好つかない事態に陥っている。つまり、持ち運び自由なはずの白リンゴだが、彼女が動けるのは実質的には、家の電話線の接続口から半径二メートルがいいところ、というわけ。ぎゃふん。

家に来て早々に、すでにただのワープロと化してしまった白い彼女。可哀想《かわいそう》にのう。君のすばらしい宝の数々(CDを聴けるとかDVDを観《み》られるとか)は、きっとこのまま持ち腐れていくんじゃろう。まあ、買われた相手が悪かったと思ってあきらめてくれい。

操作に慣れないもので、ここまで書くのにもふだんの倍ぐらいかかってしまった。早く使い慣れた入力ソフトなどを入れないと(しかしCDも読み取れないのに、ソフトをインストールできるのであろうか。大変不安である)。

ノートパソコンにはマウスがなくて、手もとにある台座みたいなところで指先を動かしてカーソルを移動する。これがまた不慣れなものだから、思ったところに全然カーソルを持っていけない。気がつくと、白リンゴの画面を真剣に見ながら、青リンゴのマウスをカチカチ動かしていたりする。隣の家のテレビを自分の家のテレビのリモコンで操作しようとしてるようなものだ。そのたびに白リンゴが「クス」と笑う。

「おとなしく青リンゴのほうで書いたらいいじゃないの、バカみたい」

ええい、私は新しく来たあんたと必死で親交を深めようとしているというのに、笑うなぁ！

青リンゴはきかん気の男の子、という感じがしたが、白リンゴは嫉妬《しっと》深い女の子、という感じがする。機械にそんなことを感じるのも妙なものだが、こうして左手に彼女のぬくもりを感じていると、そういう気がしてくる。

青リンゴは急に止まっちゃったりなどなど、いろいろと問題を引き起こしてくれたが、基本的に単純なやつだから、なだめすかせばオタクな壁紙をデスクトップに貼《は》りつけても文句を言わなかった。だが白リンゴちゃんには、「こんな壁紙、私はいやよぅ」と拒まれそうな気がする。青リンゴと白リンゴのご機嫌をうまくうかがいながら両者を使いこなす、という高等テクニックを、はたして私は体得できるのであろうか。

アチチ、熱いってば、白リンゴ。私の白熱のドラ○もんごっこよりも、さらにヒートアップしている白リンゴ。彼女のこの熱量も、ただひたすらワープロ機能だけに費やされるのかと思うと、涙で前が曇ってくるというもの。わかったわよ。しばらくはオタクな壁紙は貼らないでおいてあげるから、そう熱くならないで。

テクノロジーの恩恵を享受《きょうじゅ》できない私……。それにしても白リンゴ、画面がなんか白っぽくて見にくい。あと字が小さすぎて老眼の私にはつらい。これもきっとどこかいじればなんとかなるんだろうけれど、もういいや。

左手から彼女の熱い怒りを感じるから、白リンゴちゃんの言うことをきいて、もともとの設定のままにしておこう。変にいじくると爆発しそうに左手部分が熱いんだよ……。

愛が試されるとき

前回、白リンゴちゃん（iBook）がCDを読みこまないと書いたが、あれは白リンゴちゃんのせいではなく、案の定私のせいだった。お詫《わ》びして訂正いたします。え、私の何がいけなくて白リンゴちゃんがCDを読みこまなかったのかって？　恥ずかしいから言いたくない。愛のあまり、白リンゴちゃんを優しく扱いすぎたというところだろうか。

つまりですね。白リンゴからジャーッと、CDを納める台座が出てくる。かなりの力をこめてCDをその台座に押しこまないと、カチッと固定されないように台座はできていた。でも私はそんなに力をこめてねじこんだらいくらなんでも壊れるだろう、と思った。それで、CDが台座からふわふわ浮いた状態を正しいと勝手に合点したまま、またジャーッと台座を白リンゴの中に収納させていたのだ。

餅《もち》をよく咀嚼《そしやく》しないまま喉《のど》につめこまれたような事態に陥った白リンゴは、なんかフガフガ言うばかりで、CDを読みこもうとしなかった、というわけ。

愛が高じてかえって白リンゴを危険な状態に追いやってしまっていたとはなあ。私は反省しました。それで最近はけっこう粗略に扱ってます。これぐらいやっても壊れないだろう、と。そしていまのところ、彼女は粗略な扱いにも耐えて、元気に動いてくれている。初めての子に対しては、「ミルクはこの温度でいいかしら。こんな薄着じゃ風邪をひくんじゃないかしら。離乳食は栄養のバランスと消化を考えて……」などなど色々気を使うものだが、二人目からはいい加減。それで案外二人目の子のほうが丈夫にたくましく育ってしまったりする。そんなもんだろう。そういう肩の力の抜けた育児が良い、ということを、私は今回の「白リンゴあわや窒息死」事件から学びました。あまり愛しすぎて大事にしすぎるのはよくないな、うんうん。

白リンゴを買って嬉《うれ》しかったことの一つに、キャンペーン中だったらしく、映画『ロード・オブ・ザ・リング　旅の仲間』のペア券をもらえた、ということがある。やったー、観《み》たかったんだよね、とホクホクする私。さっそく友だちに、「もらっちゃった。いいでしょ」と自慢すると、「へえー、ペア券ね。で、だれと行くの？」と言われる。くそう。「一人で二回行くんだい！」と強がってみた。

実際、ペア券をよく見ると、「お一人でご使用の場合は、センターのミシン目から切り離してご使用ください」とちゃんと書いてある。あら、これってお得じゃない？普通に行ったら千八百円するのに、ペア券は一人分に換算すると千二百円なのだ。観たい映画はペア券で買って、「行きたい」という人と分けることにすれば、一人六百円も得する計算になる（だれかと一緒に映画に行く、という考えはハナからないのであった）。あまりにも縁がないから知らなかったが、今度からペア券を利用しよう。

こんな調子で、最近の私は差し迫った仕事もなく、有《あ》り体《てい》に言えば暇なのだ。タダでもらったペア券を眺めながら映画の代金を計算しちゃうぐらいに（タダ、というのも語弊がある。iBookを買ったおかげでもらった券なのだから、考えようによってはこれ以上に高い券もないような気もする）。

そこで本屋に行って、漫画をいろいろ買ってきました。『SLAM DUNK 完全版』（井上雄彦《たけひこ》・集英社）の最終巻が出ていたので、さっそく手に取る。高野文子の新刊もあったので、「おお」とばかりに腕に抱える。そして「ふんふん〜」と何気ない風を装《よそお》いつつBL《ボーイズラブ》漫画コーナーへ。またいろいろ新刊があるな、と思いつつ手には取らずに表紙を眺めて吟味していると、女子高生が通りかかり、「あー、やだー」と騒ぎ出す。

「ホモだよ、ホモ〜。ホモの本だー」

「ホントだぁ。これなんか、見てよ」

と一人が漫画を手に取る。『キケンな愛にもうメロメロ』だって～（と帯の文句を読み上げる）」

「キャハハ、こんなのばっかり読んでるとさあ」

「ねえ」

と言いつつ、手に持った漫画を面出し台の上に放り投げる。私は本屋勤めの長い者の悲しい性《さが》で、放り出されて乱れてしまった台の上の漫画を整える。整えつつ、耳はダンボである。「こんなのばっかり読んでると」、どうなるというのだ？

「男にモテなくなるんだよ」

ガーン。やはりそうきたか。よかった、まだ私が腕に抱えてるのがスラムダンクと高野文子の漫画だけで。そう思いつつも、「なんでケツの青いこわっぱにそこまで言われねばならんのだ。ほっとけ」という思いもこみあげる。

モテるかモテないかは愛読書とは関係ないぞ。ただ本人の資質にかかっているだけだぞ。

胸の内で抗議の声をあげるが、その直後むなしくなる。そうか、本人の資質の問題か。はは、は……。

ま、それはともかく、これはもしや、BL漫画の神が私に与えたもうた試練ではなかろうか。このように本屋でかしましく囀《さえず》る偏見に満ちたこわっぱども。どうしてホモだと「あー、やだー」なのか。彼女たちに己れらの狭量《きょうりょう》さを気づかせてやれ、と神は仰《おお》せなのではあるまいか。

さあ、いまこそ彼女たちにギャフンと言わせてやるときだ。頑張るのよ、私。彼女たちのあいだに割りこんで、バッサバッサとBL漫画を腕に積み上げ、「さ、何か言いたいことある？」と優雅に問いかけておやりなさい。

そうは思ったのだが、やはり気後れしてできませんでした。全国のBL漫画愛好家のみなさんにお詫びします。私は負けました。偏見に満ちたケツの青い小猿どもを見逃してしまいました。次にこういうことがあったら、今度こそひるむことなく私の愛を見せつけてやることを誓います。

踏み絵を踏んでしまった隠れキリシタンのような絶望に打ちひしがれつつ、彼女たちがBL漫画コーナーを去るのを漫然と待つ。やがて彼女たちは、

「あ、私『りぼん』を見てこよう」

「えー、私は『なかよし』のほうが好き～」

などと言いながら、少女漫画コーナーに行ってしまった。

「そうかい。私はあんたたちぐらいの年のときは、『花とゆめ』と『ぶ〜け』が好きだったよ。いまは『ぶ〜け』ももうないもんな。あんたたちは『ぶ〜け』を知らないだろうよ。どちらにしろ、私とは趣味が合わないようだね」

ぶつぶつと負け犬の遠吠《とおぼ》えをしながら、スラムダンクと高野文子の上にバンバンと欲しいBL漫画を置いていく。とどめに創刊された新しいBL漫画雑誌までバンと加え、敗北の苦さを嚙《か》みしめる。

自分のヘタレぶりを（BL漫画の）神に詫びるため、己れの背を鞭《むち》で百回叩《たた》いて祈りを捧《ささ》げたのでした。というのはもちろん嘘《うそ》だ。ヘタレなのでそそくさと負けた記憶を抹消し、家に帰って買った漫画を読みふける。

これは思いがけずお買い得だったな、と思ったのは、ぶんか社から創刊されたBL雑誌、「B—TYPE」である。藤田貴美が描いていたので買うことにしたのだが、それ以外にもなかなか読み応《ごた》えのある作品がいくつかあった。「次号予告」がないので単発の雑誌なのか、次があるかどうかはこの創刊号の売れ行きにかかっているのか、なんなのかよくわからないが、思わず編集部に応援のおたよりを書きたくなったほどである（ヘタレなので書かないが）。

具体的に名前を挙げると、捨井タスコ（すぐに鼻血を噴いちゃうような男子高校生の猪突猛進《ちよとつ》ぶりが青春で良い)、宮本佳野(友人がゲイだと知った大学生の心情が丁寧に描かれていて良い)の話が好きであった。それから神楽坂《かぐらざか》はん子(冴《さ》えないサラリーマンの純情ぶりがリアルなようで適度に少女漫画していて良い)、河合英紀《かわいひでき》(この男は子どもに手を出すただの犯罪者なのではと思えなくもないモチーフを可愛《かわい》い絵柄で綺麗《きれい》にまとめていて良い)というところだろうか。

藤田貴美も十六ページという短い中で極度に説明を排除した話を展開していて、これは昔ながらの少女漫画雑誌では許されない作品づくりだが、同じような手法で連作で続けていったりしたら面白いだろうな、と思う。

そして、私がこれからBLを読んでいくうえで、「『ゲイの男とノンケの男』という組み合わせについて」と、「『大人と子ども』という題材をどう扱うか」ということを、重大なテーマとして念頭に置いておかねばならない、と心のノートに書きつけた。

こんなに真剣に(役にも立たんことを)考えてBL漫画を読んでるのに、女子高生くんだりに、「男にモテない」の一言で片づけられてしまうなんて……。

ああ、憎しみで人が殺せたら……!(by『風と木の詩』)

とりあえず彼女たちにバカにされないように、映画のペア券をもらったら、即座に一緒に行く人の顔が思い浮かぶぐらいになりたいとは思うが、まあ無理だろう。

暇を計測する

前回、いまの私は有り体に言えば暇、と書いたが、具体的にどれぐらい暇かというと……。

一、このあいだも読み返したばかりというのに、またもや人生何十度目かの『ガラスの仮面』再読（白泉社漫画文庫版で二十三冊）を達成した。

二、橋本治の『窯変《ようへん》源氏物語』（中央公論新社文庫版で十四冊）を全巻再読した。

三、『サイボーグ009』（秋田漫画文庫版で二十一冊）を三晩連続睡眠不足になりながらも無事に制覇した。

ううむ。改めて書き出してみると空恐ろしいほど暇なんだな、私は。こんなことでは老後が心配である。『サイボーグ009』を読んでいる場合ではないような気もするのだが、しかしこれが滅法おもしろかった。

子どものころ、私は『サイボーグ009』のアニメが大好きだった。生身の体を機械化されたサイボーグたちの憂《うれ》いもさることながら、009（島村ジョー）と003（フランソワーズ）の恋愛に胸ときめかせたものだ。

最近また新しく009のアニメが放映されていて、これを機に遅ればせながら原作の漫画を読んでみようと思い立った。思い立ったが吉日で、即座に本屋に全巻を注文してしまったが、考えてみれば古本屋で地道に揃《そろ》えたほうが安上がりでよかったかもしれない。しかし届いた漫画文庫を見て、そんな思いは吹き飛んだ。

漫画文庫を全巻揃いで購入すると、可愛《かわい》らしい「009特製ケース」に入っていて、しかもポストカード（三枚）がついてくるのだ！　なんともオタク心をくすぐるアイテムである。満足である。新刊で買っても悔いなしだ（しかし文庫に各話の初出表示がされていないのはオタクとしては大変不満だ）。注：その後に出た文庫版第二十二巻には、初出表示があったことをつけ加えておく。しかし特製ケースには二十二巻目が入る隙間《すきま》がない。どうしたものか……。

アニメを見ていたのはあまりにも小さいころだったのでよくわからなかったのだが、いま改めて原作を読んでみると、「反戦」という熱いメッセージが全編にあふれていて、私は感動した。ただ声高に平和を叫ぶだけではなく、非常に冷静かつ公正に反戦色をストーリーに組みこんでいる。さすが巨匠・石ノ森章太郎《しょうたろう》である。

この漫画の深いところは、サイボーグたち自身も、元はと言えば悪の組織ブラック・ゴーストによって機械化されてしまった人間である、という設定だろう。正義の味方であるはずのサイボーグ戦士たちも、実は悪によって生み出された存在なのだ、というわけ。単純な善悪二元論ではない。しかも昔の少年漫画だから、けっこう残酷な描写とかもたくさんある。善良な市民たちも、割合簡単に惨殺《ざんさつ》されてしまったりする。でもだからこそ、平和を希求するサイボーグたちの心に読者も一層共感を覚えるのだ。

主人公である島村ジョー（００９）もいい風味を出している。憂いを秘めた格好いいヒーローのようでいて、どうも彼は抜けているのだ。助けた村の少年を放って飛び出していっちゃって、「あ、忘れてた！」と慌《あわ》てて戻るようなことが何度もある。「こっちから攻撃をしかけるのは……」とグズグズ言っていたら、案の定のっぴきならない状況に陥ってしまってようやく反撃、とか。なんなんじゃい、おまえは！　ヒーローなんじゃないのか！　とツッコミを入れることたびたびだ。

それでもやはり、「地下帝国ヨミ編」のラストには心を揺さぶられずにはいられない（以下、クライマックスについてのネタバレですのでお気をつけください）。

ブラック・ゴーストを追って宇宙空間まで行ってしまうジョー（009）。彼を助けるためにジェット（002）が追いかけていく。ブラック・ゴーストは倒したのだが、ジョーは宇宙空間に放り出されてしまう。地球へと落下していくジョーを摑《つか》み止めるジェット。ところが、ジェットは言うのだ。

「ロケット（ジェットの足にはロケット噴射がついていて、それで彼は空を飛べるのだ）のエネルギーがもうあまりないのさ。重力からの脱出にえらくくっちまってね！」

エネルギーの残量ぐらい計算してから助けに行けよ！　と、ちょっと思うのだが、とにかくそういうことなのだ。一大事である。ジョーはびっくりして言う。

「この手をはなせっ。はなしてくれっ。きみひとりならたすかるかもしれないじゃないか！」

さすがは少年漫画のヒーローだ。絶体絶命の危機に瀕《ひん》してこそ問われる友情の真価。私はもうこのへんから涙で視界がかすみがちである。二人は抱き合いながら地球に向かって落ちていく。

「そういうわけにはいかないよ009。ぼくらはやくそくしたじゃないか……死ぬときはいっしょに……と」

ちょっと待てい！　泣いていた私だが、ジェットの唐突なセリフにはびっくりした。いったいいつ、「死ぬときはいっしょに」などと約束したんだね、君たちは！　ここまでフガフガと貪《むさぼ》るように読んできたが、そんなシーンはチラッとも出てきていないはずだぞ！　どうやら読者が知らぬ間に、彼らはそんな約束をかわしていたらしいのだ。ううむ、これはただ事ではない……。

そして抱き合って大気圏に突入した際の、ジェットのきわめつけのこのセリフ。

「ジョー！　きみはどこにおちたい？」

ぐおおお。ジュルジュル（鼻をかむ音）。感動である。感動ではあるが、なんとも私の妄想回路を刺激するシーンでもある。この程度のことは少年漫画の熱き友情にはありがちかもしれないが、それにしても読者の知らない「約束」まで持ち出してきて、「きみはどこにおちたい？」とくるとはなあ。その問いに対するジョーの答えが、

「……」

と無言（もしくは読者には聞こえないつぶやき）なのがまた意味深だ。

まあそんな冗談はさておき（いや私はけっこう本気ですたい）、火の玉となって落下する二人は流れ星のように夜空をよぎる。それを地上から見た、戦いとは全然関係

ない姉弟の会話で「ヨミ編」は終わるのだが、そのシーンで私の涙はまたも滝のように流れたものであった。平和の尊さを訴え続ける『サイボーグ００９』のすべてが、この「ヨミ編」のラストに凝縮されていると言っていいだろう。

しかし幼いころはたしかにジョーとフランソワーズの恋愛に胸をときめかせていたはずなのに、なんでジョーとジェットの会話を深読みするような人間になっちゃったのか。複雑な気分であんちゃん（仮名）に電話する。

「もひもひ？　あんちゃん、元気？　私はいま『サイボーグ００９』に夢中だよ」

いきなり用件（？）を切り出す私。もちろんあんちゃんはひるむことなく、延々と続く私の００９への熱き思いを聞いてくれた。

「なるほど。うちにも漫画が全巻あったと思うので、今度また読み返してみますね」

「うんうん、そうしてちょ。あんちゃんは最近どうしてる？」

「私はねえ、オムツを一万円分買いましたよ」

「オムツ!?　なんで？」

赤ん坊を生んだわけでもなく、要介護の老人がいるわけでもないあんちゃんが何故《なにゆえ》にオムツを一万円分も購入するのか……。『サイボーグ００９』の話だったはずなのに、事態は思わぬ展開を見せはじめたのであった。

謎《なぞ》が謎を呼んで以下次号。

ちなみに、『ガラスの仮面』と『窯変源氏物語』と『サイボーグ009』とを積み重ねて計ってみると、一メートル五センチという高さになった。そんな計測をしてしまうあたりがまたつくづく暇である。

思い込んだら試練の道を

（前回のあらすじ）

『サイボーグ００９』を夢中で読みふけった私は、さっそくあんちゃんに電話して熱い思いの丈をまくしたてたのだった。

「そういうわけで、『地下帝国ヨミ編』は感動と興奮のラストなんだけど、『神々との闘い編』になると、古代文明の謎《なぞ》が前面に押し出されてきてかなりトンデモというか、ちょっともう訳がわからないというか、巨匠・石ノ森章太郎《しょうたろう》先生カンバーック！というか、とにかく物語が遠い遠い地平にイッちゃっててやややとまどうのよね」

などなど。あんちゃんは「ふむふむ」と熱心に私の話を聞いてくれ、「家にある『サイボーグ００９』を私ももう一度読み返してみますよ」と請け合ってくれた。

「それにしても三浦さん。私の部屋はもう漫画でいっぱいですよ。人生はまだまだあるらしいのに、いまの段階でこの状況……。これからどうしたらいいんでしょうか」

「ホントねえ。この調子じゃあ平均寿命まで行き着くはるか以前に、冗談事じゃなく漫画に埋もれて圧死しちゃうよね」

「天井近くに棚を巡らそうかと思うんですけど」

「いや、それはやめたほうがいいんじゃない。重みで頭上に落下してきて大変危険だよ」

「それで死んじゃったりしたら、なんか後々まで親戚《しんせき》のあいだで語り継がれそうで嫌ですね。『あんおばちゃんは昔、漫画が頭に落ちてきて死んだのよ』なんて」

「葬式に参列する人だって、泣いていいんだか笑っていいんだか困っちゃうよ、そんな死因じゃ」

「豆腐の角に頭ぶつけて死んじまえ、とは言いますが、漫画の角に頭ぶつけて死ぬのはちょっと……、ですねえ」

そんな馬鹿話《ばかばなし》をひとしきりかわした後で、私が改めて、

「あんちゃんは最近どうしてる？」

と近況を聞くと、あんちゃんはこう答えたのだ。

「私はねえ、オムツを一万円分買いましたよ」

赤ん坊も介護が必要な老人もいないはずのあんちゃんが、何故《なにゆえ》にオムツを一万円分

も買ったのか!?　というところまでが、大変長くなったが前回のあらすじである。あんちゃんの購入したオムツの謎とはいかなるものなのか……。

「オムツ!?　なんでそんなもの買ったの？」

「三浦さん、パンパって知ってますか？」

あんちゃんの声が弾みだした。「パン○ースっていうオムツの会社があるじゃないですか。そこのキャラクターの象なんですよ。これが無茶苦茶かわいくって……」

もうあんちゃんはとろけてしまいそうである。私はあんちゃんの声に急《せ》かされるようにして、パン○ースのホームページを開いてみた。なるほどなるほど、水色の子象のパンパが、イメージキャラクターとして紹介されている。特に、テレビCMで流れているらしい二頭身の着ぐるみバージョンが、愛くるしさ満点である。

「ほう……こりゃあ可愛《かわい》いね。あ、パンパのプロフィールまで載っているよ。なにないに、パンパは一人っ子、か……」

「うふふ、いいでしょう？（あんちゃんはこういう愛くるしいキャラクター物に目がないのだ）」

「パンパの可愛さはわかったけど、それでどうしてオムツを一万円分も買う必要があるのさ?」

「だって一万円以上買うと、全員にパンパグッズが当たるんですよ!」

「ゲッ。もしかしてそれに応募したの?」

「しましたよ!『パンパビデオ』が送られてくるんだ〜。ああもう楽しみで楽しみで。そこにはどんな愛らしいパンパの姿が納められているのかしら」

「それでその……買ったオムツはどうしたの? もしかして、いまオムツしてるんじゃ……」

「私のお尻《しり》が入るようならしたかったですよ」

「あ〜、じゃあ生理用品として使ったらどうかな」

「それもいいですけど、イトコの子どもが赤ちゃんだからあげました」

「そっか」(内心かなりホッとした私である)

「でもいまになって不安なんですけど、はたして応募券は無事にパン〇ースに届いたでしょうか。途中で郵便事故に遭っていたらと考えると、なんだか落ち着かなくて。やっぱり内容証明郵便にするべきだったかなあ」

「そこまでしたらパン〇ースの人が驚いちゃうよ、きっと」

するとあんちゃんは電話の向こうでもじもじする気配を見せた。

「実は私……いまパンパへのファンレターを書いてるんです」

「ゲゲッ」

まさかそこまでやるとは！　漫画を読んでどんなに感動しても、なかなか手紙を書くまでには至らないというのに。あんちゃんのパンパへの思いはハンパじゃないらしい。

「四苦八苦して下書きを終えたところなんですが、パンパには弟ができたりしないんですか、とか、パンパグッズを売り出す予定はないんですか、とか、最近CMが流れる回数が少なくなってきて、このままパンパが立ち消えになるんじゃないかと心配です、とか綿々と愛を綴《つづ》ってしまいました」

「なんだか畳みかけるように次々と質問やら要望やらを繰り出してるわね」

「これでも、『電波系と間違われちゃいかん』と神経使ったんですよ。でも矢継ぎ早に繰り出しすぎたかな。手紙、二回に分けて送ろうかな」

「聞きたいことは一度ですませたほうがいいって。『広報部長！　この人また象に手紙送ってきましたよ！』とか言われちゃうかもしれないから」

「それもそうですね。返事が来るといいなあ、パンパから」

「どうかなあ。パンパは象のうえにまだ赤ちゃんだから、手紙はなあ」

「文面の最初には『拝啓』とか付けて、最後には『貴社のますますのご発展を……』とか書くべきなんですかね」

「パン○ースに就職したいわけじゃないんだから、そこまで丁寧にしなくていいんじゃない（象に宛《あ》てた手紙だし……）。もう先方も充分あんちゃんの愛を感じ取ってくれるはずだよ」

「そっか。よかった」

「しかしホントに、パン○ースの社長が感動して、『きみ、ぜひ我が社に入社してくれたまえ』と言ってきてもおかしくなさそうな熱の入れようだね」

「就職はどうでもいいからパンパグッズをくれ、と言いますよ」

あんちゃんは電波（といっても宇宙から降り注ぐ電波ではなく、携帯電話の電波）を通して桃色のオーラを送ってくる。

「ああ、私の中ではパンパワールドがどんどん広がりを見せてるんです……。きっとそのうち、パンパの友だちの女の子の象（色はピンク。名前はパンピ）やら、パンパの弟の象（色は黄色。名前はパース）やらが出てくるんだろうなあ」

「そしてパンパのお父さんは緑色で、お母さんは薄い赤い色をしているんだろうね……」

私もつられて、パンパワールドを勝手にどんどん広げていってしまう。こんな深夜にパンパについて熱心に語り合っている女たちがいると知ったら、パン○ースの広報部長もさぞや怖がる、いやいや、喜ぶにちがいない。

「楽しみですね」

「うん、楽しみだ」

次のCMでは、きっと私たちの考えたパンパの友だちや家族が登場することだろう。

あんちゃんは薬局に置いてある販促グッズのパンパを虎視眈々《こしたんたん》と狙《ねら》っているそうだ。思いあまって薬局の店員に、「これ、私にくれませんか?」と切り出したらしい。すると店員は、

「それはパン○ースの営業さんが設置していくものだから、私どもで勝手に外すわけにはねえ」

とすげなく断ってくる。あんちゃんはなおも、

「いつ営業の人はまわってくるんですか」

と食い下がったが、「さあ……」と冷たい。「一万円分もオムツを買ったのに!」とあんちゃんは嘆いている。パンパへのファンレターを書き上げたあんちゃんは、パン○ースの営業の人がいつ現れてもいいように、次は薬局に張り込む決意を固めた。

あんちゃん……パンパ電波系かつパンパストーカー？

いいや、違う。これが愛なのだ。子象のパンパへのあんちゃんの愛が報われる日がくることを、私は目頭をそっと押さえつつ願わずにはいられなかった。

この回をウェブマガジンに掲載した後、なんとパン○ースの社員の方から、丁寧なメールをいただいた。この文章が社内メールで紹介されたのだそうだ（しかも英訳付きで）！　恐縮の極みである。

また後日、あんちゃんのもとへは、パンパからの（！）これまた丁寧なお返事の手紙が届いたのであった。

パン○ースの今後のますますの発展を祈りたい。

静岡といえば……その一、登呂《とろ》遺跡

四月からバクチク（バンド）のライブツアーが始まっている。そして四月になってからまだ十日ほどだというのに、私はすでに二回もライブに行ってしまった。大人になって良かったなあ、こんなにライブに行けるなんて、と思うが、こんなにライブに行ってしまうのは大人としてどうなんだろう。少し恥ずかしくもある。

二回のうち一回は、「死国」のYちゃんと静岡まで遠征した。私にとって静岡は、「遠征」というほど遠くはないのだが、「死国」から来るYちゃんにとっては、正真正銘の遠征である。普段はおっとりしているのに、相変わらずバクチクが絡《から》むと熱意の塊になるYちゃんだ。

電話での事前の打ち合わせの時に、
「静岡のどこで待ち合わせしようか？」
と聞いた私に、Yちゃんは言った。

「『家康《いえやす》公手植え蜜柑《みかん》』の前！」

「……なにそれ？」

「わからんけど、買ったガイドブックに書いてあった。城の敷地内のどこかにあるみたい」

「それは道行く人に聞けばすぐにわかるような、『渋谷ハチ公』ぐらいにメジャーな待ち合わせ場所なんでしょうね？　静岡には蜜柑の木なんてうじゃうじゃあるだろうから、どれが家康公お手植えなのか、素人目に見分けられるものなのやら心配よ」

「えー、じゃあ登呂遺跡前！」

「……たしかに手植え蜜柑よりは有名だと思うけど、なんでわざわざ遺跡の前で待ち合わせなきゃいけないの。なんか駅前にわかりやすい建物とかないの？」

Yちゃんは「そんな普通の場所でいいん？」と不満そうだったが、渋々と静岡駅前にあるホテルの名を挙げた。どうして奇をてらった場所で待ち合わせする必要があるのか、一度じっくり彼女に聞いてみなければなるまい。

静岡駅前で無事に落ち合った私たちは、バスに乗って十数分の登呂遺跡に行ってみることにした。

「ほおら、やっぱり登呂遺跡前で待ち合わせでもよかったやん」

とYちゃんは言ったが、小雨の降る中を遺跡の前で待ち合わせしたくない。私たちはライブを見に来たついでに遺跡に行くのであって、遺跡を見ることが主目的ではないのだから。

しかし教科書にも必ず載っているほど有名な遺跡だ。私たちはわくわくしながらバスから降りた。そして、「え、これ?」と首をかしげてしまった。率直に言って、しょぼかったのだ。

登呂遺跡は太っ腹なことに、入場無料である。そのためなのか、やや荒廃している。復元された竪穴《たてあな》式住居や高床式倉庫が、広いとは言えない敷地内に並んでいるのだが、

「これなら家の近所にある無名の遺跡公園のほうがまだしも整備されているわ……」

と内心思ったほどだ。散歩に来たらしい近隣のおじさんたちがいるぐらいで、園内は閑散としている。

「なんだか予想と違うわ。静岡の人は商売っ気がないのかしら」

「これだけ名を知られた遺跡なんだから、もうちょっと派手なのかと思ってたのにね」

守衛の人もまったくいなくて、竪穴式住居にも入り放題だ。Yちゃんはすごく悔し

そうに、

「今日、ホテルを取らなければよかったね」

と言った。「この中で充分、夜を明かすことができたわ」

「不用心だよねえ、放火されちゃったりしないのかしら」

「静岡の若者は絶対、夜な夜なこの竪穴式住居で飲み会をやっとるよ。たき火とかしてさ」

「うわあ、楽しそう！　いいなあ」

さて、帰るか。とあっさりと来た道を戻ろうとして、私はふと足を止めた。

「ねえ、登呂遺跡といえばさあ。教科書には必ず、『水田で稲作をしていた跡』が載っていたでしょう？　あれはどこにあるの？」

「そんなの載っとったかなあ」

「ほら、溝に板を差して水路になってる写真だよ。絶対にあれが見どころの一つになってるはずなんだけど……」

私たちはもう一度引き返し、竪穴式住居の脇《わき》を抜けて公園の奥に進んだ。不親切なことに標識の一つもないが、土産物屋がさびしく並ぶ道の前に、お目当ての「水田跡」が広がっていた。

「おお、これこれ！」

もちろんここも入場無料で入り放題。というか、ホントにただの畑である。小さい案内板がなければ、「市民家庭菜園」かと思っちゃうほど普通に耕作されている。「一メートル下にある遺構を埋め立てて、畑として復元してあります」などと説明があったが、畑として使っていたら、何かの拍子に一メートルぐらい掘り返してしまうことがあるんじゃないだろうか。遺構の保全は万全とは言えなそうだ。

あぜ道を歩いていたYちゃんが、急に興奮しだした。

「見て見て！　あそこに弥生人《やよいじん》が！」

見ると、畑を耕しているおじさんが二人いる。

「Yちゃん、落ち着いて。あれは弥生人じゃないわ。現代の人よ。ここはいまも畑として利用されているのよ」

「なーんだー。せっかくここを耕すからには、弥生人のコスプレをして農作業にいそしんでもらいたいものだわ。静岡の人はちょっと、サービス精神に欠けているんやない？」

「どこを見るにも無料だし、充分サービス精神旺盛《おうせい》だってば」

「サービス精神の発露の仕方がどうもお役所的というか、『人を楽しませよう』という盛り上がりにイマイチ欠けるんよねー」

Yちゃんはやや不満そうである。登呂遺跡に対する期待が大きすぎたんだよ、と私はYちゃんを慰めた。

「次回は竪穴式住居に泊まればいいってこともわかったしさ。良しとしようよ」

「うん、そうやね」

私たちはお土産物屋で、記念に小指くらいの大きさの埴輪《はにわ》を買い、遺跡を後にした。Yちゃんは今度、コケの栽培を始めるので（Yちゃんの趣味もどんどん老人めいてきてるな……）、埴輪はそのコケに置いて楽しむそうである。

時間もちょうどよい頃合いになったので、私たちはまたバスに乗って駅前に戻った。会場はお城の近くなので、そちらのほうにぶらぶら歩いていくと、なんだか人でにぎわっている。

「Yちゃん……まさかこの人たちみんな、バクチクのライブに？」

「いやそれはないやろ。ハッピを着とるもん」

どうやらお城でお祭りがあるようなのだ。堀の内側には屋台がたくさん並び、人々はお好み焼きなどを大量に買い求めていた。

「どうやら、『今日の夕食は屋台の物ですませてしまおう』という魂胆のようだね」

「私もちょっとお腹《なか》がすいてきたなあ、どうしよう」

ライブが始まる前に食べてしまってよいものだろうか。私たちはちょっと迷ったが、やはりライブが終わってから、飲みつつ食べたほうがいいだろう、という結論に達した。

屋台村から離れて、私たちはライブ会場に向かった。

郷に入っては郷に従え。静岡の人々が屋台の食べ物を大量に買い求めていたわけを、私たちはライブ終演後に思い知るのであった。つづく。

静岡といえば……その二、タミヤ模型

（前回のあらすじ）

バクチク（バンド）のライブのため、Yちゃんと私は熱く血をたぎらせて静岡に集結した。ライブ会場の近くにある城では、折しもお祭りが開催中。立ち並ぶ屋台でお好み焼きを大量に買っている静岡県民をしりめに、私たちはライブに突入するのであった。

これまで様々な土地に行ってライブを堪能《たんのう》してきた私たちだが、今回の静岡会場で特筆すべき点があるとすれば、観客に子連れの人が多い、ということだろう。お母さんに連れられた小学生以下の子たちが散見される。私の隣には小学生の男の子がいた。彼は靴を脱いで座席の上に立ち、野鳥観察の時に使うような双眼鏡で熱心にステージを見ていた。私の前では、お婆《ばあ》さんに抱かれた赤ん坊がすやすや眠っていた。赤ん坊

の母親（つまりお婆さんの娘）は、ノリノリで踊っていた。赤ん坊からお年寄りまで楽しめるバクチク。いつのまに、こんなに懐《ふところ》の深いバンドに成長したのかのう、と目頭が熱い。

バンド少年、青年が多いのは名古屋と似ている。メンバーが動くのを追って会場中を走り回る女の子たちがいるのも、なんとなく名古屋を彷彿《ほうふつ》とさせる。中部東海地方の熱い盛り上がりぶりにやや圧倒されつつ、私たちはまた深く静かにライブに没頭した。

さて、本編が終わって私たちは座席に腰を下ろした。バクチクのファンはわりとのんびりしている人が多いのか、本編が終わったからといってすぐに熱狂的に「アンコール！」と叫んだりはしない傾向にある。ちょっと一息ついてから、「それでは」という感じにアンコールをかける。ところが静岡は違った。本編が終わってステージの照明が落ちたとたんに、整然とアンコールがかかりはじめたのだ。

Yちゃんと私は驚いて、思わず座席から腰を浮かしてしまった。

「これはどうしたこと？」

「静岡の人はすごいねえ。軍隊のごとく統率が取れてるやん。こんなのはじめて」

拍手のタイミングも見事にそろった、堂々たるアンコールぶりだ。ふだんは、そこかしこでバラバラにコールがかかり、拍手がそろうまでにもかなり時間が必要なのに……。しかし、熱烈なアンコールにもかかわらず、やっぱりバクチクのみなさんはすぐにはステージに姿を現さないのだった。

「これだけ息をそろえてアンコールしても、やはり出てくるのは遅いのね」

「いやあ、いまごろ袖《そで》でむせび泣いとるんやろ。『みんな、ありがとう!』って」

「そうかあ?」

彼らはそんなキャラクターではない気がするが。とりあえずYちゃんと私も、熱心に手を叩《たた》いた。ステージにメンバーが現れ、アンコールの曲目を演奏する。会場は燃えに燃え上がる。そしてステージの照明が落ちたとたん、またもや静岡の人々は息をそろえて熱狂的なアンコールをかける。

「すごい、すごすぎる。二回目のアンコールだ」

「この団結力はいままでになかったものやね」

観客もメンバーも楽しんだ(であろう)ライブを味わいつくし、私たちは満足して会場を後にした。

「なんだか静岡ってのはとらえどころのない感じのする町だね」

と私は感想を述べた。「町並みとか道行く人とか、なんとなく『みんな市役所づとめです』みたいなお堅さがあるのに、個人個人の瞬発力や熱狂力がすごいよ」

「そうやねえ。でもその熱狂を団結させる力もすごいんよ。それで統率の取れた印象を受けるんやないかな」

「なるほどねえ」

まあなんといっても静岡の町に来たのはこれが二回目だし、あくまでも「第一印象」にすぎないのだが、それでも確実に地域色というのがあって旅は楽しい。

私たちはそんなことを話しながら、空腹をなんとかするべく、駅前の商店街をぶらぶらと歩いた。ところが、開いている店がちっともないのだ。まだ九時だというのに、どの店も閉まっている。

「これはどうしたこと？」

と、私はまたしても驚きの声を上げた。「いくら日曜といえども、店じまいが早すぎやしない？」

「そうやねえ、飲み屋ぐらいは開いとってもおかしくないと思うんやけど」

とYちゃんが言ってるそばから、飲み屋のおやじが通りに出していた看板をガタガタと片づけはじめるではないか。戒厳令下の町みたいにシャッターの閉まった通りで、私たちは途方に暮れてしまった。

「どうしよう……おなかが空《す》いたよう」

「夜遅くまでやっているような店は、どこか別の盛り場にあるのかしら」

しかし、「別の盛り場」がどこにあるのかがわからない。私たちはひたすら歩き回って店を探した。

「くそぅ、お祭りでみんなが食料を大量に買っていたのは、こういうわけだったのね」

「静岡の人々の食に対する情熱は、さそり座のアンタレスぐらいに低温だと言わねばならんよ」

「私の食欲はシリウスぐらい高温に燃え上がっているというのに！」

ようやくアイルランド風の酒場を見つけた私たちは、食べ物のメニューをすべて注文してたいらげ（つまみ程度の物しかないのだ）、ビールとタラモアデューをごくごく飲んだ。ふぃー、生き返ったぜ。ビールはともかくウィスキーをごくごく飲むのはどうかと思うのだが、酒場を探し求める過程でむくむくと育った飲酒欲はいかんともしがたかった。

いい塩梅《あんばい》になってホテルで眠った私たちは翌日、バスに乗って株式会社タミヤの本社ビルに向かう。

静岡といえば、やはりタミヤ模型だろう。競輪場と何を作っているのかわからない工場の並ぶ地に、タミヤ模型のビルはあった。黒っぽい外観の近代的なビルで、屋上には燦然《さんぜん》とタミヤの「星マーク」がついている。エントランスの溝には錦鯉《にしきごい》が泳いでいる。Yちゃんと私はうきうきして受付で名前を記入し、無料で公開されている模型資料館を見せてもらうことにした（またも無料！　静岡県民は本当に太っ腹だ）。

ここでは、タミヤの歴史、ひいては模型の歴史を見ることができる。戦闘機や自動車などの多数の模型が陳列されていて、マニアならずともなかなか楽しめる資料館だ。私たちは陳列ケースに鼻先をくっつけるようにして、熱心に模型を眺めた。

「いやあ、むらむらと模型が欲しくなってきたわ」

と、ガンプラづくりが趣味のYちゃんは言った。だが、ガンプラなど目じゃないほど精密な模型がいっぱいある。ドイツ軍輸送機とか、本当にいまにも飛び立ちそうだ。

「私は初歩のプラモデルすらも組み立てられないのよねぇ。でもこの、土嚢《どのう》とかドラム缶とかは欲しい」

模型を飾るための、そういう小さなアイテムがいっぱいあるのだ。私は部屋に土嚢を積むことを想像して、うっとりしてしまった（もちろん土嚢は小指の先ほどの小ささだが、すごくリアル）。こういうものを本物らしく塗装するのは、とても楽しいだろう。

社内の各階案内板を眺めていたら、「モデル製作課」という部署があった。モデル製作課！　そこには模型づくりのオタクの中のオタクが集い、みんな毎日、黙々と模型の組み立てや塗装に励んでいるにちがいない。現に、彼らの作品がちゃんと資料館に展示されている。ものすごく緻密《ちみつ》で、本物と見まごうばかり、というかすでに「こりゃ本物だよ」という域に達している素晴らしい芸術品ばかりだ。私たちはホゥとため息をついた。

「すごいねえ、モデル製作課の入社試験風景を見てみたいわ」

「みんな自分で組み立てた自慢の一品を持ってくるんだろうね」

「制限時間内にどれだけ仕上げられるか、とかね」

「なんだか入社試験なのにテレビチャンピオンみたいだよ。ぜひテレビのドキュメンタリー番組で取り上げてほしい。『実録！　タミヤ模型入社までの三十日』とか」

「ふだんの仕事ぶりもぜひぜひ知りたいところさ。家に帰っても、やっぱり模型を組み立ててるんやろか」

「会社ではタミヤの模型しか扱えないから、家では他社の製品を組み立てるんじゃない？」

「模型好きにとって、モデル製作課以上の職場はないね。天国やん」

この瞬間にもビル内で働いているであろう、幸福な模型オタクたちに思いを馳《は》せつつ、私たちは資料館から出た。

「ああ、物欲が高まってきた。模型が欲しい！」

Yちゃんがうめく。「ここでは売っていないのかしら？」

「そうだねえ、売っていてもおかしくないけれど……」

受付ロビーを見渡したが、商品は全然置いていない。真剣に商談しているらしきおじさんたちがいるばかりだ。仕方なくビルを出て、工場街を歩く。

「静岡ってホントに不思議やわあ。こんなに商売っけがない所も珍しいよ」

「あの資料館を見たら、だれだって模型が欲しくなると思うけど、その場では売ってないんだもんねえ」

食欲と物欲に背を向ける静岡（そういえば風俗店も見かけなかった。どこかに隠されているのだろう）。遺跡と模型の王国。私たちは静岡によって高められたやり場のない欲望をなだめつつ、その気高き王国を後にしたのだった。

三章　男ばかりの旅の仲間

なにを見ても男の友情（?）に読みかえる

最近はちっとも映画を見なくなってしまった。最後に映画館で見たのは『少林サッカー』で、こんなことでいいのかいな、と自分でも少し思う。私はどうもシネマ・フリークにはなれないらしい。

それは、生来の出不精がたたって、とか、学割ももうきかないし都心まで出る定期券もないし、とかいうようなことでは、もちろんない。本や漫画を買うためならば、私は大嵐《おおあらし》の日だって家を飛び出していくのだから。つまり、活字を愛するほどには映像を愛せない、ということなのだろう。たぶん、流れていく映像を受け止めることが、私の脳の処理速度ではなかなか難しいからだ。「あらら、いま画面の隅にチラッと映ったのは田口トモロヲ?」などと考えているうちに、ストーリーはどんどん進んでいく。とても追いつけない。

そんな私ではあるが、映画の好みははっきりしている。バイオレンスとアクションと男の友情があるものが好きだ。石井隆《たかし》の『GONIN』は映画館で三回見た。標準で録画したビデオのツメは折ってある。げほげほ、ちょっと恥ずかしさは、深夜に放映された『エマニエル夫人』をこっそり録画したビデオに、『わが青春のマリアンヌ』とシールを貼《は》るのと同じぐらいの度合いだ。秘匿《ひとく》しておきたい心の恥部とでも言おうか。

今夏（二〇〇二年）の映画で、「バイオレンス&アクション&男の友情」な作品はなにかないかしら？　と、私は先日、テレビの映画情報番組をぼんやりと見ていた。そうしたら、好みの定義からははずれるのだが、ものすごく気になる映画を発見した。メル・ギブソン主演の『サイン』だ。

メルの農場に突如ミステリー・サークルが出現し、その日から何者か（きっと宇宙人なんだろう）が家の周囲を徘徊《はいかい》する気配が。犬は吠《ほ》え、家族は怯《おび》え、陸軍が出動し（なぜだ）、メルは孤軍奮闘。みたいな内容らしいのだが、これは……なんだか私の「駄作アンテナ」がびんびんに反応しておりますぞ。メルが主演だし、監督は『シックス・センス』の人だし、ダメダメってことはあるまいよ、と自分をいさめてもなお、アンテナが天を指す。見たい！　この「大いなる駄作」に仕上がっていそうな映画を見たいぞ！

さらにもう一作気になったのが、ガイ・ピアース主演の『タイムマシン』。ガイ君はどの出演作においてもなかなかの演技を見せる俳優なので好きだ。しかしこの『タイムマシン』については、やや不安を抱かざるをえない。宣伝映像を見るかぎりでは、これまたそこはかとなく駄作というか、B級臭が漂っているように思えるのだ……。タイムマシンと聞いただけで、ドラ○もんを連想してしまうからだろうか。のび太(ガイ君)が原始時代に行って恐竜の子どもを助けたり、未来帝国で王女様とほのかな恋に落ちたりするストーリーではないといいのだが。

そういうわけで、私のこの夏は『タイムマシン』と『サイン』で決まりだ。

さて、ガイ君も出演していて、私の好みに直球ストライクだった映画に、『L.A.コンフィデンシャル』がある。男二人と女一人の三角関係、友情と裏切り、暴力と哀愁。好きなものてんこ盛りだ。

そこで、大変遅ればせながら、ジェイムズ・エルロイの『ブラック・ダリア』(文春文庫)を読んでみることにした。『L.A.コンフィデンシャル』も原作はエルロイの小説なので、きっとこの『ブラック・ダリア』も気に入ることができるだろう、と思ったからだ。

期待は裏切られず、読んでいるあいだじゅう、私の妄想回路は開きっぱなしだった。

これも警察官の二人の男と、過去のある女の奇妙な三角関係の話だ。出っ歯の警察官、バッキーが主人公（この設定は日本人にとっては、脳裏に浮かぶ明石家さんまの顔を振り払うのが大変、という難点がある）。バッキーはコンビを組んでいる警察官のリーと、その同棲《どうせい》相手のケイとともに、楽しい時間を過ごしていたのだが、ある女の惨《ざん》殺《さつ》死体の捜査にかかわったのをきっかけに、どんどんのっぴきならない状態に追いつめられていく。

はたして、「ブラック・ダリア」と呼ばれるその女を殺したのは誰なのか。バッキーは執念の捜査を続けるのだが……、というお話。

戦後の混沌《こんとん》としたロサンジェルスの雰囲気や、謎《なぞ》解きのスリルも味わい深いのだが、やはりなんといっても警察内の人間関係が気にかかる。バッキーがとても有能な刑事ぶりを発揮するので、彼の上司のラス・ミラード警部補はもうメロメロ。ラスは知的な雰囲気を持つエリートで、連日の捜査で「皺《しわ》くちゃになった服や無精髭《ぶしょうひげ》も彼の高尚な雰囲気を損ねてはいなかった」と描写されるお人だ。元ボクサーのバッキー（出っ歯）とは対極にある存在だが、おおいにバッキーにアプローチしてくる。

「警部補」と自分を呼ぶバッキーに、「ラスでけっこう、そう呼んでくれ」。刑事課に引き抜かれたバッキーが、元いた課に戻してくれと訴えるのにも、頑として「ノー」。

バッキーが女と密会した翌日に皺くちゃの服で出勤すると、「十トン積みトラックか、それとも女かね?」。独占欲の強い新婚の嫁みたいに、常にバッキーの行動に目を光らせるラスだ。いったいいつ、ラスがバッキーに愛の告白をするのか、とまさに手に汗握る展開。

ラスにはハリーというややアル中ぎみの相棒がいるのだが、このハリーはそろそろ定年らしい。それで、見どころのあるバッキーをハリーの後に自分の相棒にしたい、とラスは考え、あれこれちょっかいを出すのだ。ということに、いちおう表向きではなっているが、それだけが理由じゃなかろう、と私は推測する。相棒のハリーが風邪をひいたから、とバッキーを出張捜査にまで伴う執心ぶり。ホントにハリーは風邪なのかよ! 出張になることを見越して、「明日から三日間、休みを取っていいよ、ハリー」と根回ししておいたんじゃないのか、ラス。そう勘ぐりたくもなるタイミングの良さだ。

しかしあんまりバッキーばかり可愛《かわい》がっていると、ハリーがやきもちを焼くかもしれない。ぬかりのないラスは、心配りも忘れないのだ。私が「ついにやりよった!」と快哉《かいさい》を叫んだこのシーン。

「(前略)おれの——」

(ラス・)ミラードがパートナー(ハリー)の肩に手を置いた。「バッキー、(後略)」

ななな、なんですと?「おれのバッキー」?　しかも、「おれのバッキー」発言で、現在の相棒であるハリーが気を悪くしないようにと、言葉の合間にハリーの肩に手を置く用意周到さ。捜査の進展について語りながら、さりげなく自分の気持ちをバッキーにアピール。さらに、「おお、ベイブ。わかるだろ、いまは君だけさ」とハリーの心をも相変わらず自分につなぎとめようとするこの姑息《こそく》さ。

なんなんだよ、ラス!　ロス市警は実はウエスト・ビバリーヒルズ高校なのか?恋の鞘《さや》当てはほどほどにして、さっさと犯人を捜し当ててくれないと、惨殺された「ブラック・ダリア」も浮かばれないというものだ。

ラスのあまりにも積極的すぎる振る舞いのおかげで、だれがだれの相棒なのやら、警察署内は混乱状態だ。バッキーの相棒であるはずのリーも、まるで立場がない。だからリーはやけのやんぱちになって、ああいう運命(ネタバレになるので内容は伏せます)を辿《たど》っちゃったんだよ、と私は嘆息することしきりだ。

クライマックス近くで、ラスはいよいよバッキーのために大暴走をやらかす。これも具体的な内容は伏せるが、しりこ玉を抜く河童《かっぱ》もお手上げの大胆不敵な犯行。ラス、あんた、恋のためにそこまで危ない橋を渡るか……。ハードボイルド警察小説のはずなのに、ラスばかりは恋に燃えるのであった。

なんだか、この小説の読み方をかなり間違えているような……と、にわかに不安がわきおこってきたが、行間を読む楽しみ、ということで許していただきたい。ちなみにラスには奥さんと息子がいるらしい。まあ、世を忍ぶ仮の姿ね、さすがぬかりのないラス。と、ますますにやつく。家族の存在など、私の妄想を打ち砕く鉄槌《てっつい》にはならない。がんばれ、ラス！　俺はケイが好きなんだってば、とぼやくバッキーを無視して、ラスの恋に声援を送る。

ああ、この『ブラック・ダリア』も映画化されないかなあ。ラス役はだれがいいかしら。ちょっと本屋までひとっぱしりして、「ハリウッド俳優名鑑」を立ち読みしないと。映画化の際には、ぜひともバッキーは出っ歯じゃない設定でお願いしたい。せっかくラス役に知的な美男を配したのに、「明石家さんまハリウッドデビュー！」なんていうことになっては元も子もないので。

その後、『サイン』は見た。怪しい気配の正体が本当に宇宙人だったのには、かなり笑った。しかもまさに「B級」っぽい造形。好ましい映画だ。役者の演技もよく、家族についての真剣なストーリーなのだが、そこに宇宙人が絡《から》んできたおかげで、配給会社にも観客にも混乱が生じたのだろう。どこをどう宣伝したらいいものやら難しい作品で、「こりゃあ大ヒットはしないよな」と納得した。

補注『ブラック・ダリア』は二〇〇六年に映画化されたが、残念ながら私は未見。バッキー役はジョシュ・ハートネットだそうで、よかった！　のか、明石家さんまじゃなくて残念！　なのか、複雑な思いがすることだ。

男ばかりの旅の仲間

見事討ち死にを果たした。

アラゴルンの魅力に心臓を撃ち抜かれ、私は中つ国《なかつくに》にバッタリと倒れ伏しました。死して屍《しかばね》拾う者なし〜、死して屍拾う者なし〜（リフレイン）。

順を追って説明すると、とうとう私は映画『ロード・オブ・ザ・リング　旅の仲間』を観《み》ることができたのです。白リンゴ（iBook）を買った時にもらったペアのタダ券で。いやあ、長い道のりでござった。私は四月の頭から、隙《すき》あらば『ロード・オブ・ザ・リング』を観ようと機会をうかがっていた。仕事が一段落するたびに、タダ券を持って映画館に足を運んだ。

ところが、サルマン（悪い魔法使い）の策謀であろうか。行くたびに映画館で門前払いを喰らうのだ。「ただいま満席で入れません」とか、「もう上映が始まっているので入れません」とか。立ち見でもいいから見せてくれ。入れ替え制なんてケチ臭いことを考え出したのは誰なんだ。胸に渦巻く思いをグッと呑《の》みこみ、すごすごと退却せざるを得なかった。

しかしついに昨日、私は冥王《めいおう》サウロンの指輪を手にしたのだ！　ようやく、ようやく『ロード・オブ・ザ・リング』を観ることができて大満足だ。ちなみに、母親と一緒に行った。ペア券って親と映画を観るためにあるものなのだろうか。まあいい。だれと一緒に行ったって、そんなことは問題ではない。だって私の心はもう、アラゴルン様のものだもの。うふ。

我ながら、こんなにわかりやすい趣味でいいのかな、とちょっと悔しいが仕方がない。映画のアラゴルン、むちゃくちゃ格好いいんだもん！（アラゴルンは剣の使い手で、主人公のホビット、フロド君と一緒に旅をする仲間の一人なのです）

私だって、映画を観ていた三時間のあいだ、ずっと自分の心をいさめていた。

「いいのか、私。こんなに簡単にアラゴルンにときめいていいのか？　それじゃ制作者側の思うつぼだろう。もっと他にコアなときめきを見いだすのだ。たとえばサルマンはどうだ？　植木等眉毛《まゆげ》だし、なんといったって演じているのはクリストファー・リーだぞ！」

でもダメでした。だはぁ。ラストのほうでもう完全に、自分の負けを認めました。

ああ、惚《ほ》れたさ。私はアラゴルンに惚れた。演じているのはヴィゴ・モーテンセン。アメリカ人とデンマーク人のハーフのおじさん。映画のパンフレットによると（ああ、買ったさ）、彼は詩集を出版したり絵を描いたりもする人だそうです。日本で言うと鶴太郎《つるたろう》みたいなもんか？　とちょっと思う。それはイヤだな。

スクリーン上の彼は、もう文句なしに好みである。腕っ節が強くて身なりが汚くて知性と憂《うれ》いがある。ずばり直球ストライクだ。尿意と戦いながら三時間、ただひたすら目がハート型になっていた私だ。そして映画が終わり、「ふー、危なかった。もう少しで漏らすところだったぜ」というところまで我慢していたものを体外に排泄《はいせつ》し、トイレから出てきたところで母に言われる。

「あんたあの人好きでしょ。ええと、アラレゴン」

ブブー、違います。三時間も映画を観ていたくせに、まだ名前を覚えられないでいる我が母親。とにかく、母親にも見透かされてしまったことにやや恥じらいを覚えつつも（小学生のころに友だちから、「あんた〇〇君のこと好きでしょー」と言い当てられた時のいたたまれなさを思い出してもみてください……）、私のパソコンの壁紙はさっそくアラゴルン様です。小学生のころよりも数段、自分の欲求に忠実になった己れを褒めてつかわす。苦しゅうない。そういうわけで、ネットの海に繰り出し、海外のサイトまで眺めています。

気になるのはアラゴルンのあだ名だ。韋駄天《いだてん》（映画の字幕）というのも違和感があったが、馳夫《はせお》（瀬田貞二訳の『指輪物語』）もどんなものだろう。はせお。なんとなくサザエさん一家のような趣《おもむき》がある。

彼のあだ名を日本語でどう表現しているのか確かめるため、吹き替え版も見に行くことを固く決意した。また三回ぐらい映画館で門前払いを喰らうかもしれないが、覚悟の上だ。そうなると、ペア券の片割れを母にあげちゃったのは惜しいなあ。あれがあれば、吹き替え版もタダで観られたかもしれないのに。入れ替え制の映画館よりケチ臭いのは誰なのだ、って感じだが。

それにしても、どうして強大な権力を手にした人の狙《ねら》うものは「世界征服」なのか。わざわざ征服しなくても、たとえば指輪の力で民から税金を徴収して自分はゴージャスに暮らすとか、それぐらいでいいではないか。なにもものすごい戦争を起こして逆らう者を皆殺しにしたり自然破壊したりしなくてもよさそうなものだ。ただ単に、私が考える「権力を手にしてウハウハ生活」のスケールが小さいだけ？

ホントの悪人は、人を肉体的に傷つけることなく丸め込むような気がする。全世界の人々を一気に悪人の下にひれ伏させるような、マインドコントロール能力のある指輪はないんじゃろうか。それこそが最強の指輪だと思うんだがなあ。そこで、みんながマインドコントロールされてしまった世界の物語を考えてみることにする。

ホビット庄《しょう》は今日もいいお天気。ホビットたちは愉快に畑を耕しています。するとそこに、復活した冥王サウロンの手下である「黒の乗手」たちがやってきました。ホビットたちは彼らを篤《あつ》くもてなし、その年の租税である「ホビットのパイプ草」を差し出しました。煙草《たばこ》の葉の出来に黒の乗手たちも大満足。これならさぞかしサウロン様もお喜びになるだろう、と勇んで「滅びの山」に帰っていったのでした。めでたしめでたし。

だめだ。これではお話が始まらない。そこで、指輪のマインドコントロールを受けない人間が少数ながら出てくる、という設定で物語を考えてみることにする。

ホビット庄は今日もいいお天気。ホビットたちは愉快に畑を耕しています。ところがその中で、フロドだけは怠けて寝てばかり。みんなは勤勉に働いて、その中からサウロン様に納税しているというのに、「俺は絶対に税金なんか払わんもんね」と言い張ります。ガンダルフが、「サウロン様はホビット庄のことをいつも考えてくださるいいご領主様じゃぞ」といくら言い聞かせても、フロドは頑として納税を拒否します。税を徴収に来た黒の乗手も困ってしまい、「とにかく、そのうち滞納書を送るから」と言って次の村へと去っていきました。

……なんだか物語世界が混乱するなあ。フロドはマインドコントロールを受けない少数者（英雄の資格保持者）のはずが、これでは平和な生活の秩序を乱すただの厄介者みたいじゃないか。混乱を避けるためにも、やはり指輪には強大なマインドコントロール力はないことにし、サウロンにはわかりやすく、世界征服を目指してもらうしかないのだろうか。いやはや、悪人になるためにも覇気《はき》って必要なのだな、と考えると、職業選択の幅がグッと狭まる。私はホビット庄でのんびり暮らしますだ。

エルロンド（エルフの王）はどうしてイシルドゥア（件《くだん》の指輪を手にした人間の王）を火口に叩《たた》き落とさなかったんだ（指輪を消滅させる絶好のチャンスだったのに）、とかツッコミどころはあれども、アラゴルンのフェロモンを浴びるだけでも寿命が三年は延びるありがたい映画なので、まだご覧になっていない方はぜひお試しあれ。

燃え上がる愛の炎

前回に引き続いて、またも『ロード・オブ・ザ・リング』について語っちゃうことをお許しください。ていうか、アラゴルンについて語る。

私は吹き替え版も観《み》てきた。平日の昼間なので客は三人しかいない。巨大なスクリーンの中で、ほとんど私だけのために演じてくれるヴィゴ・モーテンセン（アラゴルン役）。うほほーい、アラゴルンには胸毛があるよ！　生きててよかったー。一人で感涙にむせぶ。いや、もしかしたらあの胸毛は私の願望が見せた幻なのかもしれないが。アラゴルンったら画面からにおってきそうなぐらい汚くて（失礼）、毛なんだか汚れなんだかわからないわ。ちゃんと確かめるためにもう一度映画館に行こうかしら。

吹き替え版をともに見ていた女の子二人の、映画上映後の会話。

「いやあん、オーランド・ブルーム（エルフのレゴラス役）が綺麗《きれい》でかっこよかったあ」

「ホントよねえ。でもあの剣士役の人もかっこいい」

「そうね……でも臭そう」

あああ、乙女って残酷。がっくりとうなだれて映画館を後にする私。やはり誰が見てもアラゴルンは臭そうなのか。でもあれがフェロモンのにおいってものなのよ、たぶん。

夜中にネットサーフィンして「ヴィゴ様目撃情報」を収集していたら、飛行機の中でむちゃくちゃ汚い格好をした彼が、ファンからサインを求められていた、という話題があった。そうか、普段から汚い人なんだ、とますます燃え上がるマイ・ハート。どうしてこう、髪の毛を二週間ぐらい洗わなそうな人に弱いんだろう（浅井健一とか）。

ところで、海外には『指輪物語』の膨大なスラッシュサイトがあるんですね。ないものはない、というぐらい多様なカップリングがあってちょっと驚いた。私自身は珍しいことに(!?)、映画を観ても原作を読んでも、キャラクターを男同士でくっつけよう、とは特に思わなかったのだが、やはり好奇心に負けてふんふんと読んでしまう。英語力が人に言えないほど低いので、確かなことはわからないけれど……レゴラス攻（男役）でアラゴルンが受（女役）なんですか！（オタクな話題ですみません）

いや、たしかにレゴラスはエルフだから、容姿に見合わず実は頑健だし、男気もある。しかし、攻かしらねえ。外見的にいったら、どうしたってアラゴルンが攻なんじゃないかと思うが、まあ好みはいろいろだからな。私としては、弱さもある人間のアラゴルンが、何千歳も年上のレゴラスをむにゃむにゃ……というほうが好きなシチュエーションなんだが。だがそうなると、アルウェン（アラゴルンの恋人のエルフ）の立場はどうなるのだ。アルウェンとの結婚を認めてもらうために孤独に頑張ってきたアラゴルン、という物語の設定の根底部分が崩れちゃうような気がするのだが、この点をどう乗り越えているのか、英語力を高めて読解したいものである。

他人事《ひとごと》みたいにスラッシュサイトについて語っているが、その舌の根も乾かぬうちに、ヴィゴ氏とオーランドの実写チュー映像とかをダウンロードしてきちゃったりしている。そして「ニヤ」と不気味にほくそ笑む私。今月の電話代をだれか肩代わりしてくれないものか。請求書が来るのがいまから怖いです。ぶるぶる。

原作を読んでつくづく感じたのが、マニア的に人を燃え上がらせるには、ロマンスは必要ないんだな、ということだ。世界観さえしっかりとあれば、読者が燃え上がることは可能なのだ。むしろ恋愛の場面は邪魔なぐらいだ。（以下、映画の第三部に相当する部分のネタバレがあるのでお気をつけください）あれだけ活躍して、ようやくアルウェンと結婚できることになったアラゴルンなのに、肝心の結婚式についてはたった一文で終わっているというこの潔《いさぎよ》さ。いままでの苦難への報いがたった一文かい！　と、やや肩すかしを食らった気分にもなるが、重厚な世界観の前では、「そうよね、恋愛が成就《じょうじゅ》するかどうかなんて、蟻《あり》の糞《ふん》ほどにもささいなことよね」と納得してしまう。

それにしても、こんなに映画俳優に燃え上がったのは、ルトガー・ハウアー以来だ。出演作が総じてB級めいているところも、ルトガーと同じだ。試練の道が待っているかと思うと、ヴィゴ氏の出演作ビデオを観るのもなんとなくためらわれる。ルトガーのときはまだまだ私にも若さがあったから、すべてをガッツで受け止められたけれど、今度はどうだろう。なんだかいまからいやな予感がするけれど、愛の力を試すために、さっそくビデオ屋に行ってみるかのう。

私の友人たちはだれも『ロード・オブ・ザ・リング』を観ていなくて（はやり物を敬遠する人々ばかりだから）、この熱い思いをどこにぶつけていいのやら、もてあましぎみなのだ。言えない……言えやしないよ、ヴィゴ氏が出演しているからという理由で、『G．I．ジェーン』をビデオで観ようとしてるなんてことは！　ああ、この映画だけは生涯観るまいと胸に誓っていたのに。世界に映画がこの一本しかなくなってしまったとしても、これだけは観ることもあるまい、とまで思っていたのに。信念をあっさりくつがえして、ラズベリー賞（サイテー映画に贈られる栄誉ある賞）主演女優賞に選ばれた、デミ・ムーアの勇姿を見るとするか。

はい。観ました。うーん、語るべき点がいろいろありすぎるので、『G．I．ジェーン』については次回詳しくお届けしたいと思います。だが、これだけは言っておく（北方謙三《けんぞう》風）。私はヴィゴ氏への愛を確認できた、と。彼のすべてを受け止める自信がつきました。ああ、よかった。のやら、よくないのやら。複雑な心境ですな。

あ、吹き替え版のアラゴルンのあだ名も「韋駄天《いだてん》」でした。原作を熟読玩味《がんみ》した後だと、なんとなく「馳夫《はせお》」のほうがいいような気もする。ホビットたちに、「馳夫さん、馳夫さん」と慕われる彼を見たかったわ。「韋駄天さん」じゃなあ。

愛は寛容である

（前回までのあらすじ）

『ロード・オブ・ザ・リング』を観《み》てアラゴルン役のヴィゴ・モーテンセンにハートをノックアウトされた私は、ヴィゴ氏のこれまでの出演作も観てみることにした。手始めに『G．I．ジェーン』のビデオから鑑賞する。そこで展開されていた物語とは……（ちなみに『G．I．ジェーン』で、デミ・ムーアは栄《は》えあるラズベリー賞〔サイテー映画に贈られる賞〕主演女優賞を受賞しました）。

『G．I．ジェーン』は、アメリカ海軍における女性兵士の待遇を改善させるべく、デミ・ムーアが特殊部隊の厳しい訓練を耐え抜く、という話です。そこに、政治的な陰謀や同僚の男性兵士の偏見との戦いや鬼指導教官のしごきがスパイスとして加わります。

この映画が描きたかったことはよくわかる。デリケートなテーマに真っ正面から取り組んでいて、観もしないで「けっ」と思っていた自分をやや恥じました。それに、デミ・ムーアもサイテーというほど最低ではありませんでした。よく頑張っているよ。彼女のガッツを認めてあげるべきだ。あ、そうか。ラズベリー賞という形で認められたのか。よかったよかった。デミはおおいに不満だろうけれど、これでラズベリー賞の記録にこの映画は永遠に残る。映画史から抹殺されなかっただけでよしとしなければなるまい。

つまり……、やっぱり映画において一番重要なのはテーマじゃなくて、その描き方なんだよなあ。

思わず、隣にいた弟に聞いてしまった。

「海軍の特殊部隊に入って己れをムキムキに鍛え上げ、前線に送られたいと思う女性っているのかな、実際問題として」

「あんまりいないだろ。ていうか、男だってイヤだよ、前線に送られるのなんて」

「そうだよねえ」

愛国心なのかなんなのかわからないが、軍隊の、それも特殊部隊という時点で、どうもイマイチ感情移入できないのであった。まあ、そんなこと言っていたら話が始まらないので、とにかくデミ・ムーアは荒くれ者たちの中で頑張って訓練を受ける。私のお目当てのヴィゴ氏は鬼指導教官なのだが……。彼は短パンで脚線美を披露したり、いきなり詩を暗誦《あんしょう》したり、デミに襲いかかって鼻の骨を折られたあげくキン○マを蹴《け》り上げられたりと、かなりおいしい役柄です。

物語は後半になるにつれ、なしくずし的にダメ映画の本性をあらわにしていく。そこに至るまでにもその片鱗《へんりん》は多々あったのだが、蓄積されていたダメぶりが一挙に噴出するのでいっそ清々《すがすが》しい気分になれる。（ネタバレなので、これから真面目《まじめ》に見ようと思っている人はお気をつけください）

特殊部隊訓練兵たちは、最後に実戦海域に演習に行く。そうしたらホントに実戦に巻きこまれる。こいつら運が悪すぎます。ミッションが下って、みんなはアフリカ大陸（たぶんアメリカ大陸のそのへんの海岸で撮影）に上陸。ヴィゴ氏とデミが斥候《せっこう》に行く。なんでそんな危なそうな所に、わざわざたった二人で行くねん！　とツッコミを入れるヒマもなく、案の定、敵のベドウィン（たぶんそのへんにいたアメリカ人のエキストラ）に遭遇。運の問題じゃなく、こいつらの軍人としての判断能力に重大な問題があるんだな、と深く納得。

ヴィゴ氏が囮《おとり》になり、デミが仲間の援護を要請しに走る。海岸でやきもきしながら、ヴィゴ氏の帰還を待つデミと仲間たち。そのころヴィゴ氏は、百人ぐらいのベドウィンに追われていた。指導教官のくせにアホなのでしょうかこの人は。何をしたかったミッションなのやら、観客にはすでに理解不能。『ランボー 怒りのアフガン』の五十分の一規模の爆薬を使用しつつ、海岸まで必死に走って逃げるヴィゴ氏の姿が描かれる。ベドウィンはもちろん銃を乱射。たぶん三百発以上は撃ってるはず。ところが当たりません。ベドウィンは銃が下手なのか？　というツッコミを入れるのももはやむなしいご都合主義。

ようやく脚に被弾して、待ち受けていたデミに引きずり上げられて助けられるヴィゴ氏。究極の情けなさにヴィゴファンは胸キュンです。まあそんなこんなでミッションも無事終了（だからいったいどんなミッションだったんだっつうの！）。

デミはついに、栄えある特殊部隊員として認められる。訓練所の卒業式の日。デミは自分のロッカーに一冊の本が入れられていることに気づく。「ローレンス詩集」。まあ、鬼教官ヴィゴがいつも読んでいた本ではないの！　気になる女の子のロッカーにこっそり詩集を入れるなんて、中学生なのかあんたは！　と笑い死にしそうな私をよそにエンド。エンドかい！

ホントに訓練所に入っちゃったのかな、私は。というぐらいに観ていて疲れました。

気力は奪われるけど耐久力をつけるには最適の映画かもしれない。「肉体的に過酷な『スチュワーデス物語』」だと思って観れば、すべてを許せると思います、たぶん。挑戦してみてください。「挑戦する権利を万人に平等に与えよ」ということを言いたかった映画だと思うので、たぶん。「たぶん」が多くて申し訳ないが、なにしろあまりのへタレぶりに気力を吸い取られてウツロになってしまったので、「たぶん」としか言いようがないのであった。

気を取り直して、『クリムゾン・タイド』を観る。デンゼル・ワシントンとジーン・ハックマンが主役という、演技対決が見られそうなキャスティング。これなら箸《はし》にも棒にもかからない事態にはなるまい、と希望の光が射しこむ思いだ。しかしそれ以前の問題として、邦題が「クリムゾン・タイド」っていうのはどうなんだ。「タイド」と言われてすぐに「あ、潮ね」とわかる人ってどれぐらいいるんだろう。私は辞書を引いてしまったぞ。「タイド」は「態度」だろう、日本人にしてみれば。もういっそのこと韻を踏んで、「クレムリンの態度」とかに題名を変更したほうがわかりやすい（ロシアとのあいだに核戦争勃発《ぼっぱつ》!?　という映画だから）。「アラバマ号はおおわらわ」とか（デンゼルとハックマンの乗っている潜水艦の名前が「アラバマ」）。

詳しい説明は面倒なので省くが、とにかくロシアがいつ原爆を使ってもおかしくない状況になり、核ミサイルを積んだ潜水艦アラバマ号が発進。世界は緊張状態に置かれる。核ミサイルで先制攻撃するのかしないのか、深海で指示を待つアラバマ号。アラバマ号の艦長はジーン・ハックマン。何十年も潜水艦に乗ってきた頑固な軍人だ。その副長として、今回の航海からデンゼル・ワシントンが乗っている。デンゼル・ワシントンはハーバード大を出た優秀でスマートな軍人、という設定だ。

もう見るからにソリが合わなそうな二人。ジーン・ハックマンにそれまで仕えていた副長は、盲腸で入院中のため、デンゼル君が起用されたのだが、画面の外では私が、「明らかに相性率十四パーセントぐらいの人を、どうして副長に採用しちゃうんだよ！」とツッコミを入れている。

物語はほとんど潜水艦の中で進行する。十五分後だかに核ミサイルを発射しろ、という指令が来て、乗組員たちは「核戦争がはじまっちゃうよ……」とドキドキする。そうしたらロシアの潜水艦と遭遇。気づかれないように深海に潜る。潜ろうとしたところで、次の指令が本部から送られてくる。ところが、電波も届かない深海に潜りつつあったから、「核ミサイルの発射は」というところで指令文が途切れてしまう。この人たちの運の悪さも相当なものだ。

「核ミサイルの発射は『続行』なのか『中止』なのか、どっちだよ！」とパニックになる乗組員たち。艦長は、「途中で途切れたんだから、前の指令がまだ生きている。核ミサイルを撃っちゃえ」と言うのだが、デンゼル君は、「世界が核戦争に突入するかどうかの瀬戸際《せとぎわ》なんだから、慎重になるべきだ。指令文をもう一度受信して、内容を確認しよう」と主張する。

元から相性の悪い二人だから、一挙に険悪なムードになるのだが、とりあえず通信用のブイを海面に浮かべることにする。ところが！　ブイのワイヤーが壊れてしまう。とことん運が悪い。私はそのころには物語はどうでもよくなっていて、ひたすら「もっとちゃんと整備をしとけよ！」と怒っていた。最先端の原子力潜水艦なのに、ブイのワイヤーが不調ってどういうことだよ、まったく。

デンゼル君と艦長は、実権を握ろうとお互いを監禁しあったりして、ミサイル発射をめぐってアラバマ号の中は大混乱だ。肝心のヴィゴ氏は、ミサイル発射係である。だからデンゼル君と艦長とのあいだで板挟みになる。苦悩するヴィゴ氏を見られただけで、この映画は私にとって満点だ。ヴィゴったら、ストイックな軍服（というか艦内の作業服）がよくお似合いですわ。脂汗《あぶらあせ》を流して苦悶《くもん》するヴィゴ氏を鑑賞しているあいだにも、アラバマ号の混乱は続いている。もうミサイルが発射されようがされまいが、どっちでもいい。発射しとけや（なげやり）。

この映画の最大の見どころは、なんといっても「アイロンをかけるヴィゴ氏」だ。男所帯の潜水艦の中で、きちんと自分の服にアイロンをかけるヴィゴ。その手つきたるや堂に入ったもので、「ふだんから自分でアイロンをかけているんだな」と、またもや私の中で彼の株が上がってしまった。

アイロンかけの作業ぶりからして、ヴィゴ氏は神経質そうです。アイロンをかければかけるほど、新たな（そしてくっきりとした）皺《しわ》を生み出してしまう私とは違う。きっと彼なら、「ええい、俺に貸してみろ」と私の分までアイロンをかけてくれるだろう。ヴィゴ氏が心の広い神経質な人だといいんだけど。そうしたら私たちは、うまく結婚生活を営めるはずだ。「心の広い神経質な人」って、言葉がやや矛盾しているような気もするけれど。ちなみに当方、心が狭くて無神経な人間です。これにはあまり矛盾を感じない。そういう最低の性格をした人間っているものだ（と、またも他人《ひと》事《ごと》のように言ってみた）。

『クリムゾン・タイド』自体は、名作でもなければ駄作でもない、優等生的な映画でした。これなら、ゲラゲラ笑える『G・I・ジェーン』のほうが好きだなあ。だから「趣味が悪い」と言われてしまうのだが。

ヴィゴ氏が軍人役の二作品を観たわけだが、愛は深まるばかり。この人、演技がうまい。鬼指導教官役のみょーに甲高い声とか、どんぴしゃりでなかなかのものだ。惚《ほ》れた欲目？　そうとも言う。

邪眼は世界を救う

アラゴルンー!!　またもや錯乱中です、こんにちは。

『ロード・オブ・ザ・リング　二つの塔』を観《み》てきた。字幕版と吹替版、両方とも。たぶん、あと二回ぐらいは行くだろう。

おともだちのおりはらさん（仮名）は、エルフのレゴラスがお好きだそう。でも、「映画館で前の席に座った女の子たちが、レゴラスを見て、『いやあん、どうしよう、滝沢くんよりかっこいい！』と言っていた」と複雑そうでした。そりゃ、複雑な気分だよな。

そこで、「まあまあ、かっこよさの基準が滝沢くんな人たちのことは、放っておきましょうよ」と慰めようとした直後、おりはらさんが、「で、三浦さんのお気に入りはだれ？　ギムリ？」と言ったので、私は、「アラゴルンに決まってるでしょ！　おりはらさんのばかちん！」と憤然としたのでした。ひげ面《づら》のドワーフのおっさんを愛するほど、私の趣味は極北に位置していないぞ。ぷんぷん。

ひげ面でおっさんのアラゴルン（あれ？　この説明では、ギムリとの違いが伝わらないわ。おかしいな）は、前作の『旅の仲間』に引き続き、今回の『二つの塔』でもフェロモンを振りまく。種族を越えて通用するその魅力に、ホビットもエルフもドワーフも人間もメロメロだ（ついでに、観てる私もメロメロだ）。みんながアラゴルンのもとに集結して、悪と戦う。

しかしそんなアラゴルンも、恋愛に関してはなんだか腰が引けている。エルフの恋人アルウェンちゃんに、いつだって押され気味。「やっぱりきみとは一緒になれないよ……」と、おどおどするアラゴルンを、「大丈夫だからしっかりしてよ！」とリードするアルウェン、という構図が出来上がりつつある。この調子だと、晴れて結婚できたとしても、アラゴルンがアルウェンの尻《しり》に敷かれるのは間違いない。よかったね、アラゴルン！　夫婦円満の秘訣《ひけつ》は、女の尻に敷かれることだからな。これは私が、四半世紀以上にわたる観察のすえに到達した結論だから、安心していい。君たちはきっとうまくやっていける。

映画を観ていない弟は、テレビＣＭを見ては、

「なんなの、あの歩く木は！　ちゃっちくねえ？」

と笑うのだが、ちゃっちくなんかない！　原作をうまく脚色して映画化した、ピーター・ジャクソン監督の情熱に乾杯だ。

年甲斐《としがい》もなく熱病に浮かされているものだから、アラゴルン役のヴィゴ・モーテンセンのインタビュー記事が新聞に載っていたときなど、ページをめくったら現れた彼の顔に、「ひゃふーん！」と奇声をあげて新聞を放り投げてしまった。やだもう、心の準備ができていないときにヴィゴを登場させないでよ、読○新聞！「ときめき死に」してしまうわ。

弟は私の奇声にびっくりして椅子《いす》から飛び上がり、

「なんなんだよ、おまえはぁ！」

と怒った（どうして人は、驚くと怒るのか）。「少しは落ち着けよな！」

「だって……だって、アラゴルンが新聞に……」

「ケッ。恋に恋する女子中学生じゃあるまいし」

恋に恋する女子中学生たるわたくしは、「いまは観る時間がないし……」と購入をためらっていた『旅の仲間』のＤＶＤ（四枚組）まで、とうとう買ってしまった。そして毎日、舐《な》めるように眺めている。指輪の魔力に脳をやられちゃったみたいだ。助けて、アラゴルン！

と、言ったところで助けが来るわけもない。ま、そのうち社会生活に復帰できるだろう、と恋に狂った自分を放っておくことにする。

ところで、『二つの塔』を観るついでと言ってはなんだが、『ボウリング・フォー・コロンバイン』も観てきました。その日は映画館の椅子に六時間ぐらい座っていた計算になる。さすがに痔《じ》になるかと思った。

『ボウリング・フォー・コロンバイン』は、コロンバイン高校で起こった銃乱射事件の背景を追うドキュメンタリー映画だ。これがなかなか面白かった。簡単に銃が手に入るから、銃で人が殺される。単純な図式だ。しかし、アメリカと同じように銃が簡単に手に入る隣国カナダでは、銃による犯罪は少ないらしい。では、カナダとアメリカとでは、いったいなにが違うのか。監督のマイケル・ムーアは、アメリカ社会の矛盾を暴《あば》いていく。

どこの国でも社会に矛盾はあり、政治家は無能で常識がない。それはそうなのだけれど、映画に登場する人物の中で、マリリン・マンソンが一番まっとうな人に見える国って、やっぱりどこかおかしいよな、と思った。

いつもどおりの白塗りメイクで、まさに「悪魔の申し子」って感じのマリリン・マンソンは静かに語る（マリリン・マンソンがコロンバイン高校の事件の原因であるかのようにメディアは報じた。銃を乱射した生徒が、彼らの音楽を好んでいたというだけの理由で)。

監督「コロンバイン高校の生徒たちに、なにか言いたいことはあるかい?」

マリリン「ないよ。黙ってる。黙って彼らの話を聞く。それが一番大事なことだろう」

マリリン! あんた、いい人だ! いや、「いい人」っていう表現はおかしいかもしれない。なんと言ったらいいかわからないが、とにかくあんたは「まっとう」だと、私は感動に震えたのでした。槍玉にあげられても、彼は状況を見失わない。明晰《めいせき》に思考し、冷静でやさしい。無理やり「当事者」であるかのように仕立て上げられた状況の中で、なかなかこういう言葉は出てこないよな、と感心した。

ごめんね、マリリン。以前にあなたのステージを生で見たとき、スモークの中で「ファッキン・ジーザス!」と叫ぶあなたを、「ブフッ」と笑ったりして。君の心意気はしかと受け止めた。いまさら言い訳じみてるかもしれないけど、なにかの授賞式の席上で、「俺が黒の革パンを履く理由? ウン○がついても目立たないからさ」と言ったあなたを、以前からけっこう好きだったの。ホントよ。

あ、そうだ。話は戻るが、『旅の仲間』のDVDを観て、腑《ふ》に落ちたことがあった。

脚本のことだ。この映画は、分厚い原作の内容を非常にうまく取捨選択して映像化しているると思うが、その功績の第一は、なんといっても脚本にある。脚本を手がけたのは二人の女性（と、監督のピーター・ジャクソン）だ。

ＤＶＤの特典映像で彼女たちが語ることを聞いて、私は「ふんふん、なるほどね」と思った。アルウェンがいまにもアラゴルンを押し倒しそうなほど積極的な女性に描かれているのも、アラゴルンとボロミアの痴話喧嘩《げんか》みたいなシーンがあるのも（現に、脚本を書いた女性はその映像を見ながら、「なんだかこの二人、恋人同士みたいな喧嘩してるわよね」と言った）、『旅の仲間』の最後のほうで、アラゴルンとボロミアが「あらあら、ちょっとそのあふれる情感は……？」という演技を繰り広げるのも、すべては脚本のせいだ。もっとはっきり言うと、脚本を書いたのが女性だからだ。

ヘテロの男性には、あんまりこういう感覚はないいんじゃないかな、と映画を観て感じていたので、腑に落ちたというわけだ。ちょっぴり邪《よこしま》な目で原作を読むのは、案外、世界中のおなごに共通してる態度なのか？

いやいや、それでいいのよ！　そういう視点があってこそ、よりいっそう、この世界は美しく豊かになるはずよ！　アルウェンはあくまで強気に、アラゴルンはあくまでへっぴり腰に。そこにエッセンスとして、男同士の篤《あつ》い友情を滴《したた》るほどにぶちまけて。それでこそ、原作のもつ強さと哀《かな》しさが、現代にますます濃厚によみがえるというものだ。

「いえ、私この話に関しては、男同士でどうこう、とは思いませんよ」と、おりはらさんに言った舌の根も乾かぬうちに、再びこのていたらく。違うの、直接的にどうこう、という問題じゃなくて、情感や雰囲気の問題なんだってば。「そういうのもありかもな」と思わせる広がりと深みが欲しいというか……。もごもご。

とにかく、第三作（『王の帰還』）への期待がいまから高まるのでした。

愛は言葉では語れない

「死国」のYちゃんがやってきた。

もちろんバクチクのライブのためである。また。またもやバクチクライブ。「いったいこの人たち、仕事やお金はどうしてるのかな」と疑問を抱くかたも多々あろう。仕事は休む。お金はためる。秘訣《ひけつ》はこれだけだ。バクチクへの愛のためには、社会的出世などいくらでも棒に振る覚悟ができている。そんな覚悟をしなくても、だれも「じゃあ君、明日から課長に昇進ね」とは言ってくれないのだが。「もう明日から仕事しなくてもいいから」と、いまにも言われそうで怖いぐらいなのだが。

Yちゃんが来る朝、目覚めると外はものすごい暴風だった。

「まあ、こんな強風では飛行機は欠航かもしれないわ。大丈夫かしら」

と思って、Yちゃんの携帯電話に様子をうかがうメールを打ってみた。そうしたら、飛行機とはまったく関係のないことだけが綴《つづ》られているメールが返ってきた。

「あっちゃん（バクチクのボーカル）がキャベツの千切りを手づかみで食べていたの。私が、『いつもそうなんですか？』って聞いたら、黙って微笑していたわ。とっても美しかった。その後、あっちゃんは照れながら脳ドックに入っていったわ」

……なんじゃこりゃ。もう飛行機はとうの昔に墜落してしまっていて、これはあの世からの返信なのかいな、と思うほどイッちゃってるメールだ。

その後、無事に地上でYちゃんと会えた私は、もちろん開口一番に尋ねた。

「さっきのメールはなに？」

「ああ、あれ？」

Yちゃんは嬉《うれ》しそうだ。「ああいう夢を見たんよ。夢の中でもあっちゃんは美しかったわ〜。あ、マヨネーズがかかっているキャベツの千切りは、手づかみで食べにくいから嫌いなんやって」

「うーん、ちょっと頭がおかしいね」

「え、あっちゃんが？」

「Yちゃんがだよ！」

Yちゃんこそが脳ドックに入ったほうがいいと思う（Yちゃんは病院勤務）。まあ、どんな検査をしても、Yちゃんの病はもう治る見込みがないので、私はさっさと話題を変える。

「すごい風だったけど、飛行機はずいぶん揺れたんじゃない？」

「そうなんよ。今回ばかりは、『もうダメだ。死ぬかもしれない』って思ったわ。機内アナウンスが入って、機長が、『大変揺れていますが、大丈夫です』って言うんだけど、その声もかなり揺れてるわけ。ちっとも大丈夫そうじゃないの。必死で操縦桿《かん》を握ってる感じの声だったんよ」

「それは怖いね」

「ああいうとき、乗客はもう機長を信じて身を委《ゆだ》ねてるしかないけど、スチュワーデスさんはいややろうね。『ああ、今日の機長は○○さんだよ。もうダメだわ』とかさ」

「着陸の時とか、明らかに上手《うま》い人と下手な人がいるもんね。いつ着陸したのかわからないほどスムーズな人もいるけど、ズゴゴーンって、『落ちちゃったのか、おい』っていうぐらい爆裂的な着陸をする人もいるし」

「そうそう。医者にも、歴然と上手い人と下手な人がおるもん。内実を知っている人間は、ハラハラも倍増だと思う」

そんなことをしゃべりながら、川崎に向かう。今日の会場はクラブチッタだ。ライブハウスは久しぶりだから、ドキドキしてくる。ドキドキしながらも、オールスタンディングの会場の、後方の無難な立ち位置に収まるあたりが、私たちの覇気のなさを示している。

しかしそんな私も、あっちゃんが今井（ギター担当）に接近、接触するたびに、がぜん色めきたつ。

「しをんさあ……わかりやすいよね。二人が近づくたびに、ぴょーんぴょーんって飛ぶやろ」

「だって、だって……ごめん。自分の欲望に忠実で」

あっちゃんと今井の微妙な関係の機微（と私が勝手に思っている）が、このバンドをバンドたらしめているキモだと推測するのだが、ちょっと私の反応はあからさますぎたらしい。さっきあれだけYちゃんの脳の具合を疑ったくせに、どうやら私も相当病が深いようだ。

ライブはすさまじい盛り上がりを見せ、天井から細かくてしょっぱい水滴が落ちてくるぐらいだ。

「女の子はさあ、あっちゃんのフェロモンにやられて『抱いてー！』とか叫ぶやろ？」

「うん……そういう人もいるね」

「じゃあ男はどう思っとるんやろ。野太い声で『あつしー！』とか叫んでる男は、実際のところあっちゃんにどういう気持ちを抱いているのかな」

「そりゃあ、『抱いてくれー！』って思ってるんじゃないの」

「男でも？」

「いや、わかんない。『抱きてえー！』かもしれないけど」

「まあ、あっちゃんが相手なら、男でもセクシャルな気分になるかもね」

（注・バクチクのライブに行った話を何度も書いていますが、「知らなかったんですが、バクチクってかっこいいんですね」という感想は一度もいただいたことがありません。しかし、それはひとえに私の書き方が悪いのであって、本当にバクチクはかっこいいんです。音楽的にもそうですが、ここで特に容貌《ようぼう》面にかぎって述べると、ボーカルの櫻井敦司《さくらいあつし》は、客観的に見ても滅多にいないかっこいい顔です。美醜でいったら、確実に美です。あとは個人的な好みの問題でしょうけれど、彼に誘われて嫌な気分になる女性はかなり少ないのではないかと思います。誘われたことないけど）

　Yちゃんはさらに、あっちゃんの立場について考察を深めようとする。

「ライブを見ていて思うんやけど、あっちゃんを見つめるバンド少年・青年たちは、『ああいうふうになりたい』というのとはちょっと違う思いを抱いているような気がするんよね」

「真似《まね》しようと思ってできるレベルじゃないからねえ。容姿も独特な歌い方も」

「俺もいつか、櫻井敦司みたいなボーカリストになるぞ。とはあんまり思えないんやろうか。そういう気安さや身近な憧《あこが》れの投影になりうるような雰囲気がないから」

「そんなことを思おうにも、なにか畏《おそ》れ多さが先に立つような気はするわ」

「あっちゃんの独特の存在感は、芸能人でいったら誰に近いんやろ」

私たちはちょっと考えた。そして私は畏れ多いといえばこれほど畏れ多い人もいないだろう、という人物に思い当たった。

「私はわかったよ、Yちゃん。あっちゃんの暗黒の存在感。崇拝のされ方。それは芸能人にたとえると……美輪明宏《みわあきひろ》だよ！」

「美輪様か！」

「そう。その、いついかなる時にも敬称が『様』だということにも象徴される、美輪様の独特さ。男からもセクシャルな欲望を抱かれる魅力（いまの美輪様はどうかわからないけど、少なくとも昔は）。あっちゃんと共通したにおいを感じる私ですことよ」

「『ええー、ちゃうやろー』と思いつつも、心のどこかで少し納得してしまいましたわ」

なぜか「鹿鳴館《ろくめいかん》口調」になってしまう私たちだった。

こんなことで、バクチクの魅力を読者のみなさまに正確にお伝えできているのだろうか。非常に不安である。

道で猫の死骸《しがい》を見ると可哀想《かわいそう》で手を合わせたくなるのだが、「ダメダメ、呪《のろ》われちゃうわ」と唇を嚙《か》んで自制する（私が考える乙女の「純潔」ぶり）

前回のタイトルに私は、「愛は言葉では語れない」とつけたが、これは少し言い訳じみているというか、嘘《うそ》であって、語られなければ存在し得ないのが、愛が愛である哀《かな》しみの所以《ゆえん》ではないかと思う。

自分でつけておいてなんだが、前回のタイトルに含まれた欺瞞《ぎまん》が非常に気になって、深夜の十二時から四時まで考えた結果、やはりそういう思いに到達した。それでこうして私なりの結論をご報告した次第である。

しかし深夜に四時間も、愛の在り方についてだけただ考えている、などということは私にはできない。そんな、「大昔に一度だけ心から愛したことのあった女を思い浮かべる、アルコールでやや頭の溶けかけたフランスの色男」のような真似《まね》はできない。当然、漫画を読みながら、漠然と考えていたのである。漫画を読む片手間に愛について考察する女。それはすでに「女」とも呼べないなにものかだ。フランスの色男が

「愛の（残骸の）奴隷《どれい》」だとしたら、私は「漫画の奴隷」とでも形容されよう。

何を読みながら愛について考えていたかというと、『ピューと吹く！　ジャガー』（うすた京介《きょうすけ》・集英社）の三巻である。私は近年の「週刊少年ジャンプ」の中では、うすた京介の『セクシーコマンドー外伝　すごいよマサルさん』と、木多康昭《きたやすあき》の『幕張』が連載されていた時の「ジャンプ」が好きだ。つまり私はうすた京介と木多康昭が好きなのだ。

漫画への愛を言語化するのは、非常に難しいし、相手は絵と字があって成り立つ物だから、字だけで愛を表明することに対する、行き届かないむなしさが常にある。特にうすた京介の漫画は、字だけで「こういう漫画です」と説明するのが困難だ。だが、彼の漫画の面白さの一端は、確実に彼の言語感覚の面白さに拠《よ》っている。

特に『ピューと吹く！　ジャガー』の三巻には、歯ぎしりするほど絶妙な言葉遊びの回があって、私はシャッポを二十五個ぐらい脱いだ。（関係ないが、ページの余白からうかがわれるうすた氏の交友関係はなんとなくコジャレているように私には感じられて、それもまた歯ぎしりだ。これまたページの余白に書かれている「好きな音楽」も、私には縁もゆかりもないコジャレたもので、前歯がすりへって臼歯《きゅうし》になってしまいそうな勢いだ。でも心のアイドルはジャッキー・チェンだとあったので、少し安心した。私の心のアイドルは、一時期チョウ・ユンファだった。ジャッキーよりはコジャレていると思うのだが……、（それは勘違いかもしれない）

さて、問題のシャッポを脱いだ回だが、その前に少し、ジャガーさんを読んだことのない人のために、内容を紹介しておいたほうがいいかもしれない。うーん、難しいのだが頑張ってみる。

ジャガーさんはたて笛の名人の変人で、彼の友だち（と断言していいのか微妙なところ）のピヨ彦《ひこ》はジャガーさんに振り回されてばかり。その他おかしな登場人物が目白押しのシュールな毎日。といったところだろうか。とにかく文章にすると、表現できないものの多さに打ちひしがれてしまうほどの漫画だ。その歯がゆさは、オバケのQ太郎に出てくるアメリカンなオバケの名前を思い出せない時の歯がゆさに匹敵する（先日、Yちゃんと一緒に四苦八苦してようやく思い出せたのだが、いままた忘れてしまっている。この歯がゆいことといったら、手首の硬さのために、歯間掃除用のブラシが狙《ねら》った歯間にうまく入らない時のようだ）。

インターネットサークル『花研データランド』（「乙女チック花言葉研究サークル」らしい）のオフ会に参加することになった白川高菜（ジャガーさんの仲間［と断言していいのか微妙なところ］・ハンドルネームは夢《む》〜眠《みん》）は、会合場所である「ファン

シーカフェ　エグゼクティブ　デシショワール」に赴《おもむ》く。そこに、ネット上で「いつも斬新《ざんしん》な切り口で乙女心を表現する」イボンヌさん（ハンドルネーム）が来ていると知り、高揚する夢〜眠（高菜）。しかし、初めて対面するイボンヌさんとは、当然ジャガーさんのことなのだった。

そこで二人は、怒濤《どとう》の「オリジナル花言葉大会」を繰り広げる。これは、花言葉を乙女チックに表現する、というもののようで、最初のお題は赤のフリージアの花言葉、「純潔」に決まった。「純潔」を、もっと乙女チックに表現することを競うのだ。

ジャガーさん（当オフ会においてはイボンヌ）は、「純くん不潔！」と表現した。集った他のメンバーはそのすごさに気づかないのだが、高菜（夢〜眠）だけは、その真価を正確に汲《く》み取る。

「今のスゴイわ。純くんを不潔呼ばわりする事で、乙女の純潔さをより際立《きわだ》たせたのよ！」

そこで高菜も受けて立つ。

「純ケチーフ」

以下、高菜とジャガーさんの、フリージアの花言葉「純潔」をめぐる応酬の一部。

「バッグにやたらばんそうこうが入ってる」

「図書室の先生とやけに仲良し」

「好きなアイドルが一世代古い！」

「お地蔵さんを見ると必ず頭をさわる！」

私がもう、爆笑しながら次々とシャッポを脱ぐしかなかったのも、おわかりいただけるだろう（未読の方は、ぜひとも漫画で表現された応酬場面をご覧ください）。これほど「純潔」を的確に表現した言葉ってあるだろうか。そのいちいちに、うなずかずにはおれない。純潔を体現する乙女は、たしかにバッグにばんそうこうをしのばせて図書館に棲息《せいそく》し、同級生の話題にはいまいちついていけず、一人で散歩なぞしてお地蔵さんの頭を撫《な》でるものだ。中原淳一《じゆんいち》風の三巻の表紙といい、うすた京介の「純潔」への理解の深さにひどく感嘆し、またも歯ぎしりした。その歯ぎしりといったら、山姥《やまんば》がすりこぎで処女の骨をすりつぶす音のように、深夜の町に響き渡ったものであった。

ジャガーさんの世界も堪能《たんのう》したし、愛についての考察ももうこのへんでやめておこうと思うところまでいったので、そろそろ寝ることにする。

ジャガーさんと愛について考えている夜更《よふ》けに、ホトトギスが鳴いていた。鳴いて血を吐く……、と言われるホトトギスだが、私にはいつも悪意をもって笑っているように聞こえる。私は気を抜くとなぜだか、ウグイスとホトトギスを同じ鳥だと思ってしまって、「どうして春先にはあんなに可憐《かれん》に鳴く鳥が、梅雨前になるといつのまにか不気味な笑い声みたいな鳴き声に変わってしまうのだろう」と憂《うれ》えてしまう。氷砂糖から桜の花びらを透かし見るようにして語られていた愛がいつのまにか、泥水に張った氷を冬の朝に素手ですくうようなものに変わってしまったみたいな気がして、愕然《がくぜん》としてしまうのだ。でもすぐに、「ああそうだ。ウグイスとホトトギスは別の鳥なんだったっけ」と思い出し、少し安堵《あんど》する。

ウグイスもホトトギスも、己れの伴侶《はんりょ》を探すために鳴いているのだろうから、それが愛の歌であることにかわりはないのだけれど。

四章　楽園に行く下準備

仏滅の結婚式

友人ナッキーの結婚式があった。

親しい友だちが結婚するのは初めてで、私はもうずいぶん前からウキウキとこの日を待っていた。共通の友人であるぜんちゃんと一緒に、晴れの日に着ていく服を買いに行ってしまったほどだ。

式や披露宴は親族の方たちのみということで、私たち友人は、披露宴と二次会の中間みたいな感じの集まりに参加した。これならば、ホテルの広間でバイキング形式で料理を楽しみつつ、気軽にお祝いできる。以前から、披露宴の退屈さはなんとかならんものか、もうちょっと演出のしようがあるだろうに、と思っていたので、「ふむふむ、最近の若人《わこうど》はこういう手作りの温《ぬく》もりにあふれた宴をするのか。こりゃいいのう」と感心しきり。

私は、ぜんちゃんをはじめ気心の知れた友人たちと同じテーブルだったため、さっそく遠慮会釈《えしやく》なしに思う存分飲み食いする。Hと私など、ホテルの人がバイキング用の料理をすべて並べ終わってないうちから、「もういいかな、いいのかな」と取り皿にガンガンと飯を盛りつけてしまった。

食料を確保して、ようやく落ち着いて花嫁であるナッキーのウエディングドレス姿を眺める。

「まあ、ナッキーったら可愛《かわい》いわ。少女漫画の花嫁さんみたい。そう、まるで琴子ちゃん（『イタズラなｋｉｓｓ』（多田かおる・集英社）のヒロイン）みたい……」（いついかなるときも、漫画オタク的な感想を言ってしまう私である）

「ホントね」

とうなずいたのはH。「それにナッキー、いつもより二段階ぐらい色白じゃん（ハマッ子のHの語尾には「じゃん」がつく）。花嫁メイクマジックだね」

失敬なやつなのだ。しかし本当に、今日のナッキーは輝いている。私たちはひとしきり、学生時代のナッキーの思い出話に興じた。

「あのナッキーが結婚とはねえ。感無量だよ」

「私もナッキーとのこれまでのあれこれを思い起こしてたんだけど」

と、Tちゃんがおっとりと語る。「体育の時間にバスケットボールを追いかけて鉄の扉に激突した姿が、いまでもありありと浮かぶんだよね……」

「私はナッキーと毎朝同じ電車で通学してたんだけどさ」

と、私も二皿目の料理をパクつきながら遠い眼差《まなざ》しになる。「ある朝ナッキーが、いきなりマイケル富岡の物まねをしだしたんだよね」

「なんでマイケル富岡なのよ」

「そのころ大河ドラマで、彼は明智光秀《あけちみつひで》役だったの。そんで、『お館《やかた》さま！』って熱演したとたんに、ナッキーときたらコンタクトレンズを目から落としてさあ。しょうがないから満員電車の中で這《は》いつくばって、一緒にコンタクトを探してあげたものよ……」

「ちょっとちょっとみんな」

とぜんちゃんがさえぎった。「おめでたい席なんだから。もうちょっとまともな思い出はないの？」

そう言いつつ、友人の代表としてマイクを持ったぜんちゃんは、

「彼女と待ち合わせをした日、ものすごい大雪が降って交通網が麻痺《まひ》してしまいました。私は、『このぶんだと今日の約束はなし、ということになるだろう』と思っていたのに、ナッキーさんたら山奥から根性でガツガツ歩いてきて、待ち合わせ場所にた

どりついたのでした。すっかり家でくつろいでいた私は、彼女の親御さんから、『すみませんが娘を迎えに行ってやってください。この雪の中を出ていっちゃったんです』と連絡が入ってびっくりしたものです」

などと祝辞（？）を述べている。

とにかく猪突《ちょとつ》猛進エピソードには事欠かないナッキーは、演劇をやっている。必然的に、宴の参加者も劇団員が多い。劇団員の皆さんは、すでに祝辞という次元を超越した出し物を披露する。「二人のなれそめ」を勝手に劇仕立てにして上演するわ、女装のおじさんたちが歌いまくるわで、結婚を祝う場なのか忘年会なのかわからない状況だ。

「姉の友人にはフツーの人がいないんです」

とは、同じテーブルにいたナッキーの妹さんのつぶやきだ。ところがこの妹さんも武道の達人で、いきなり胴着に着替えてきて、「オリャア」と型の演武をやったりする。気分は隠し芸大会である。堺正章《さかいまさあき》もびっくりの本格派ぞろいである。

「ううむ、やはり『芸は身を助く』だねえ」

「私たちも何か披露できる特技があればよかったんだけど」

「なあに。ここにいる人たちの中で、一番食べているのは私たちさ」

「なるほど。大食いチャンピオンここにあり、か」

皆さんの出し物を楽しみつつ、デザートを山盛り食べる私たちだ。

こうして、参加者全員で盛り上がり、二人の門出を祝いつくした宴は終わった。

ちょいとお茶でも飲んで帰るか、ということになって、私たちは場所を移した。最初は、「今日の宴は良かったのう」とか、近ごろ観《み》た映画についてなどを語り合っていたのだが、Hが中国に行って兵馬俑《へいばよう》を見たと言ったあたりから、雲行きが怪しくなってきた。

「それがさあ、始皇帝はすごいのよ。後宮に三千六百人も奥さんがいたんだって」

「三千六百人！」

「一日一人で、約十年か……」

「皇帝の訪れを今か今かと十年も待っているうちに、オバサンになっちゃうわね」

「入れ替え制で常時三千六百人、ということでしょう。オバサンになったら後宮から出されちゃうよ」

「それじゃあ一回も皇帝に会うことなく、『私はなんのためにここにいたんだったっけかなあ』と思いながら都を後にした人もいっぱいいただろうね」

でもそれはそれで、生活も保障されてるし女ばっかりで気楽だしで、なかなか楽しい十年になりそうだ。

「それにしても、皇帝も大変だよね。三千六百人の女を相手にせねば、と思いつつ暮らすのは、『男の愉《たの》しみ』という範囲を超えてるよ」

「苦行だね。気の毒に」

「『ああ、昨日のあの子は可愛かったなあ。性格も僕と合いそうだったし』と思っても、次に彼女としっぽりできるのは十年後。とほほだよ、こりゃあ」

「顔も性格も何もかも気に入ることのできる相手なんて、どんなに多くても一生で五人ぐらいのもんじゃないの？」

「三千六百人なんて、いくらなんでも人間の処理能力じゃあ追いつかないね」

「皇帝たるもの、感性と体力の限界に挑むべし、ということかしら」

好き勝手にしゃべりちらして、ふと気づく。

「三千六百人の女たちは、皇帝の威容を示すために集められたのであって、実際にお気に入りの奥さんは五人ほどだったんじゃない？」

「あ、そっか。そうだよね」

「いくらなんでも、毎日毎日とっかえひっかえ、十年かけて味わいつくす、ということはないはずだわ」

そうだそうだ、とうなずきあう私たち。
「玄宗皇帝は、自分の後宮にも女たちがいるのに、息子の嫁さんの楊貴妃《ようきひ》を好きにな
っちゃったんだって」
「ふーむ。やっぱりどれだけ『自分の女』がいても、『隣の花は赤い』なんだ」
「それが人間の悲しい性《さが》なのね……」
結婚式帰りに、ひとしきり不穏な話をしてしまった。やはり、一夫一婦制には満足
できん、ということだろうか。私なんてその一人すら確保できていないくせに生意気
である。
そんな私をナッキーは哀れんでくれたのだろうか。実は宴の帰りがけに、私はナッ
キーからブーケをもらったのだ。
「これはぜひしをんにあげたくて」
と彼女は言ってくれた。わーい、花嫁さんのブーケだ！　私はすごく嬉《うれ》しくて、あ
りがたくそれを受け取った。
「このブーケを手にしたということはもしかして……次は私が結婚できるということ
なのでしょうか」
感動に打ち震えてつぶやいた私を、Hは「他力本願なんだから」と笑ったものだ。

ホントに失敬ですぞ、君！　ぷんぷん。いいんだ、きっと帰りの電車の中でプロポーズされるに違いない（だれに？）。

そして家に帰って、この文章を書いています。いいんだ、きっとブーケのお花が枯れる前にプロポーズされるに違いない……。

ちなみに本日は仏滅。でも、仏滅だ大安だなんて迷信をものともしない熱き宴だった。みんなに隠し芸で祝福されて、きっとナッキーは幸せになることでしょう。そう思うと私も、なんだか幸せになってくる。たとえ誰にもプロポーズされなくても。

ナッキーにもらったブーケは、大切に写真に収めたのち、花瓶に活《い》けた。いま、私の家の窓辺で咲きほこっている。

楽園に行く下準備

このたび、私は一週間ほど完璧《かんぺき》な夏休みを取得したいと目論《もくろ》んだ。小さな島で、美しい海があって、まったく仕事をしないでだらだらと過ごす。そういう夏休みだ。

しかし楽園を味わうためには、島に行く前に仕事を片づけなければならない。毎晩、『もうダメです、コーチ!』「甘えるな! あとサーブ二百本だ!」と、一人で『エースをねらえ!』ごっこをしながらパソコンに向かう。それでもまだ主観的には、「バケツに山盛り二杯分のテニスボール」ぐらいの仕事が残っている感じだ。いまのところ、本当に島にパソコンを持っていかずにすむかどうか、かなり怪しい。

そこで、水着を買うことにした。やはり、たまには角砂糖をやらねば馬も走るまい。「海」「夏」を象徴する水着というアイテムを手に入れれば、きっと私ももっと頑張るに違いない、と私は思ったのである。

そこで、ともに島でだらだらする同志、Gと一緒に水着売場に行った。先日すでに水着を購入したGが、流行を解説する。

「今年（二〇〇二年）の水着は、『タンキニ』がはやりだよ」

タンキニというのは、タンクトップビキニの略らしい。つまり、ビキニの上にタンクトップを着るのだ。さらに、短パンも付いているものが多い。なるほど、これなら体型をあまり気にする必要がないわけだ。

流行の水着を買えずに、前々からタンクトップと短パンで海を泳いでいた私としては、「ようやく時代が俺に追いついたな」とちょっと誇らしい思いである。

「これが今年の流行なら、べつに水着を買わなくてもいいかなあ。いつもどおり、家にあるタンクトップと短パンで泳いでも、もうだれも白い目で見ないだろうし」

私は当初の「馬に角砂糖作戦」を忘れ、「倹約生活」的なことを言った。しかしGは、

「タンキニのタンクトップや短パンは、ちゃんと水着素材でできてるんだから」

と、そんな私をいさめる。

触ってみると、見た目は普通の生地のタンクトップなのに、たしかに水着素材である。へええ、と感心した。色鮮やかでどれも可愛《かわい》らしく、すぐに乾くすぐれもののタンキニは、根本的に私の「貧乏下着遊泳法」とは発想が違う。

形をいろいろ吟味すると、今年の水着には大きく分けて二つのタイプがあることがわかった。

一つは、先に書いたとおり、ビキニの上にタンクトップと短パンを着用する「タンキニ」。もう一つは、もっと体にフィットしていて、「大正時代のご婦人の水泳着」風のもの。つまり、上はピッタリしたタンクトップ型で、下にはピッタリしたホットパンツを着用すると想像していただければよい。

「ねえ、G。流行は繰り返すって本当だねえ。この水着なんて、カラフルなことをのぞけば、古い白黒写真で見た『江ノ島で遊泳するご婦人たち』そのものじゃない。これって足が短く見えると思うんだけど」

「その型の水着なら、私もこのあいだ試着したよ。鏡に映った姿は大変なことになっていて、試着室で即座に脱いだね、私は」

Gが「この世の終わりを見た」ぐらいに深刻な顔で言うので、私は笑ってしまった。

「いやあ、これが似合うのは、相当に足が長くてスタイルのいい人だよ。でも、物は試しだ。この柄は気に入ったから、私もちょっと試着してみようっと」

私はさっそく、「大正ご婦人水泳着」型を手に取り、ついでに無難そうな「タンキニ」も持って、試着室に向かった。

試着室のカーテンを閉めたら、その隙間《すきま》からGもごそごそと入ってくる。

「ちょっとちょっと、なんであなたも入るの？　狭い試着室がなおさら狭くなるじゃない」

「いやいや、私がここで品評してあげるよ」

たしかに、Gの意見を聞きたいときに、似合っていないかもしれない水着姿でうろうろと彼女を呼ぶのは恥ずかしい。売場にいる人にその姿を見られてしまう。そこで私は、試着室の床にしゃがみこむGを前にして、服を脱ぎはじめた。

するとGが「プッ」と笑う。私はGを見下ろした。

「ちょっとちょっと、なんでまだ水着を着ていないのに笑うわけ？」

「いやあ、私はまだまだだったんだな、と思って」

と、Gは私の腹のあたりを見ながら言う。まったく失敬なヤツだ。しかし事実なので、反論もできない。私は気力を奮い立たせて、まずは大正水着を着てみた。

……。鏡の前で凍りつくGと私。試着室の中は肉屋の冷凍庫ぐらいに気温が下がった。

「ねえ、G。私はこれまで、こんなに醜いものを見たことないよ」

「だから言ったじゃない。で、でもまあ、あなたの腿《もも》まわりは、私よりはマシだと思うわよ」

と、Gは慰めてくれる。さっきは私の腹の肉を笑ったくせに……。きっとあまりにも哀れだと思ったのだろう。

私は大正水着は諦《あきら》めて、今度はタンキニに挑戦してみた。黒いタンクトップに大きな青い蝶《ちょう》がプリントされた、ステキ水着だ。短パンの下には、ビキニパンツを穿《は》く。もちろん試着だから、下着のパンツの上から穿くのだが……。

「ねえ、G。ビキニパンツの下から、パンツがはみ出るよ」

変質者のごとき情けない姿が鏡に映し出される。Gは、先ほどの私の姿がよほど衝撃だったらしい。うつむきかげんにしゃがんでいたのだが、のろのろと顔を上げてチラッと鏡を見た。

「そんなにでっかいグンゼパンツを穿いてるからでしょ！　大人の女が、なんでそんな色気のないパンツを着用してるの！」

「だって……小さいパンツって腹が冷えるし……」

「とにかく、ビキニパンツの中に押しこむのよ」

私は言われたとおりにしてなんとか格好をつけ、その上から短パンを着用した。それから、いよいよタンクトップを上半身にかぶる。そこでまた、私たちのあいだに沈黙が訪れた。

Gがおそるおそる指摘する。

「その……脇《わき》からあふれてる肉はなんなの」

「なんだろねえ。これも胸になってくれればいいのにねえ」

胸の上部、腕の付け根の下あたりから、太りすぎの兎《うさぎ》の、顎《あご》の下の肉のごときタプタプとしたものがあふれだすのだ。ううむ、どうやらこの形のタンクトップは、私には似合わないらしい。

私たちは試着室から這《は》い出した。

「困ったなあ」

「もうちょっと探してみましょうよ」

我慢強いGに励まされ、私は次に、露出が極端に少ないタイプの物を試着してみることにした。上はチャックで首もとまで閉まり、下は腿の半分ぐらいまであるスパッツみたいな形の、黒い水着だ。この、ほとんどダイビング用に近いデザインなら、肉があふれる隙もない。

また試着室に一緒に入ってきたGは、今度は、

「まあ、ちょっとかっこいいわよ」

と言ってくれた。

「え、そうかなあ。峰不二子みたい?」

と調子に乗る私。

「いや、それはないけど。しかしなんだか、サーフボードでも持っていないと様にならないわよ、それだと」

「こんな本格的な格好をした人間が、浜辺でパチャパチャと水と戯《たわむ》れるだけとは、だれも思わないかもね。どうしよう、溺《おぼ》れてるのに『あいつは泳ぎが上手だろう』と思われて、助けてもらえなかったら。そうしたらあなた、『あの人は格好ばかりで、泳ぎはてんで素人《しろうと》なんです』って言ってくれる?」

私は切実に訴えたのに、Gは「うんうん、いやいや」と曖昧《あいまい》に返すばかりだ。

結局それもやめにして、売場のお姉さんをも巻きこんで「あれでもない、これでもない」と一時間半以上もやったあげく、ようやく「体型をカバーしつつ流行の水着」を探し当てた。

「はあ、水着を選ぶってホントに大変」

「普段から体型に気を使っていれば、そんなに大変じゃないんだってば」

私たちはへとへとになって夕暮れの町で別れた。

なんだか本末転倒もいいところというか、泳ぐときには普通のタンクトップと短パンでいいから、まずは仕事を終わらせろよな、と自分に反省を促したい気もする。はたしてこの水着購入に費やした時間が、楽園生活にどう影響を落とすのか、いまから戦々恐々《せんせんきょうきょう》、いやいや、楽しみだ。

一番割を食ったのは、トドのごとき肉体を見せられ、買い物につきあわされたGだというのは、間違いない。

日本列島北から南

そして旅に出た。一週間ほど、なにもせずにぼんやりと過ごした。

まず、ナッキーとともに、深夜バスで弘前《ひろさき》に向かう。沖縄とはかなり逆方向だが、今回の私の旅のテーマは、「日本列島北から南」なのである。

深夜バスはけっこう好きな乗り物だ。しかし今度ばかりは、バスは「夜を疾走する拷問《ごうもん》機具」と化した。

「おやすみ～」

と座席で毛布をかぶったナッキーと私。その直後から、私の後ろの席のおじさんが、私の座席の背を蹴《け》りはじめた。コップ酒を飲んでほろ酔いで眠りについたおじさんは、寝相がものすごく悪かったのだ。

私がとろとろと眠りにつこうとすると、必ずおじさんが座席を蹴り上げる。とてもじゃないが寝られない。もしかして後ろのおじさんは特高警察なのか？　私に仲間を

吐けと無言の脅迫をしているのか？　寝たいのに寝られないというのは本当につらい。私はだんだん錯乱してきて、

「ああ、そうさ。旧制高校時代に同級だった西山から、マルクスの『経済学批判』を借りたのさ」

と、もう少しで仲間を売ってしまうところであった。

とにかく、酔っぱらったおじさんに「もう少し寝相を良くしてください」と注意して深夜バスの車中で刺されても馬鹿《ばか》らしいので、グッと我慢で夜が明けた。隣のナッキーは、なかなか快適な睡眠を取れたということなので、よしとする。なにしろナッキーは、これからレンタカーを運転せねばならぬ大切な身体《からだ》だ。

九州旅行の時のIちゃんもそうだったが、私の友人たちは、私にハンドルを握らせないことを何ものかに誓ったかのようだ。みんな一様に、「いいから。運転は私がするから」と、断固として運転席を死守する。

さて、爽《さわ》やかなる朝の弘前市内に降り立った私たちは、ナッキーのお父さんが作成した旅行計画書を広げた。ナッキー父は以前、弘前に単身赴任していたことがあり、私たちが今回青森旅行をすると聞いて、懇切丁寧なる計画を練ってくれたのであった。

ナッキーはすでに結婚しているというのに、「遠足のしおり」みたいなものを持た

せるとは……。私は、娘を思ういつまでも変わらぬ親心を感じ、目頭が熱くなるのを抑えることができなかった。

「さあ、ナッキー。『パパ指令』には、これからどうしろと書いてある？」

「んーとね。レンタカー会社が開く前に、マクドナルドで朝食をとるように、だって」

「……ナッキー。あそこにあるマクドナルドのことだよね？　まだ閉まってるみたいだよ」

「駄目じゃん！」

「パパ指令」には最初からぬかりがあった。しかし、計画には挫折《ざせつ》がつきものだ。気を取り直した私たちは、二十四時間営業のファミリーレストランに入り、無事に朝食にありつくことができた。

ファミレスで、私も「パパ指令」を入念に読んだ。「ここまでは車で二時間。道は別紙地図を参照」などと、細かく、無駄のない旅行を楽しめるように考えつくされた指示書だ。「別紙地図」というのも、拡大コピーされ、経路を赤線で辿《たど》ってあるという綿密さ。私は本当に頭の下がる思いだった。

「すごすぎるよ、ナッキー父」

「お恥ずかしい。遊びの計画にかけては、本当にマメな人だから」

「いやいや、ありがたいわ。あら、私への指令もある。なになに？『レンタカーはナビ付きです。しをんも作動方法をよく習得するように』ですって。はい、パパ！」

私はナッキー父に言われたとおり、ナビの扱いかたをレンタカー会社の人に習った。これで完璧《かんぺき》だ。さあ、出発。

ナッキーが運転してくれている横で、私はなおも「パパ指令」を読んでこれから行くルートの予習に励む。初めて使うカーナビも面白く、「おおー、細い道までちゃんとカバーしてるんだね。すごいや」と画面に釘《くぎ》づけ。

「せっかく来たんだから、助手席のあなたぐらいは景色を楽しんでよ」

と、ナッキーに呆《あき》れられる。

「ところでさあ、ナッキー。『パパ指令』でちょっと気になるところがあるのよね」

「どこ？」

「うん……『この道ではかもしかが出るかもしか』って書いてあるんだけど、これなに？」

「……父は学生時代、落語研究会に入ってたのよ。だからそういうつまんないギャグを言いたがるのねえ」

「あ、やっぱりこれは誤字じゃなくてギャグなんだ」

「たぶん。彼的には」

私は、「五月《さつき》みどりのシャツ黄緑」とか「アルミ缶の上にある蜜柑《みかん》」とか（これらはすべて、以前にナッキーが教えてくれた）、そういうツンドラ気候と紙一重の寒いセンスが大好きなので、しばらくニヤニヤ笑いながら、「かもしかが出るかもしか」と言い続けた。

すばらしい景色の中をドライブし、八甲田山に到着する。そこに着くまでに、私の間違ったナビぶりで、全然見当はずれのほうへ進みかけたことがあった。しかし、親切に話しかけてくれたトラック運転手のおじさんに助けられ、事なきを得る。

「危なかったわ。もう少しで『八甲田山死の彷徨《ほうこう》』になるところだった」

「八甲田山にたどり着かないうちにね」

カーナビがついていても、人間にそれを読みとる能力がないと、恐ろしいことになってしまうということの証明である。

私たちは高倉健の真似《まね》をしながらハイキングコースをまわり、昼ご飯に握り飯を食べて、山を下りた（安全にロープウェイで）。

「さあ、いよいよ『旅館にツックイン（なまってる）』よ！（↑『パパ指令』にこう書いてあった）」

蔦《つた》温泉は古い湯治宿で、山の中腹に建てられた木造建築だ。館と館とをつなぐために、ものすごい急角度の大階段がある。もちろんナッキーと私は、その階段を上り下りするたびに、『蒲田《かまた》行進曲』のテーマを口ずさむ。

「ヤス！」

「銀ちゃん！」

「ナッキー、演劇人として絶好のロケーションよ。さ、ここから転がり落ちてみて！」

「いやそれは無理だから。ホントに死ぬから」

北島マヤの生まれ変わりか？　と思うほど熱き演劇魂を持ったナッキーですら、転がり落ちるのを拒むほどの危険な大階段なのだ。

私たちは夕飯前に、宿のまわりの山の中にある沼々を巡ってみることにした。案内板には、「沼めぐりコース　一時間でまわれます」と書いてある。軽く散歩するか、という感覚で山に踏み入った私たちはしかし、すぐに己れの認識の甘さを知った。

「はふはふ、ナッキー、なんかすごく、険しい山道じゃない？」

「うん。八甲田山ハイキングコースの五倍以上きつい登り坂だよ」

「しかも道もあんまり整備されてないような……」

「これ、本当に湯治客が来る道なのかな？ 浴衣《ゆかた》に下駄《げた》じゃあ、絶対にこんなところ歩けないじゃない」

「着替える前でよかった……ね……（もう息も絶え絶え）」

普段の運動不足に加え、寝不足だった私は、ほとんど死去する寸前だ。

「ナッキー、あたしもう駄目かも」

「大丈夫よ、しをん。私がおぶさってあげるから」

「ありがと……う？ なんかそれ、間違ってない？ ナッキーがおぶさってどうするの。私をおぶってくれなくちゃ」

「あ、そうか」

一日じゅう運転した疲れから、ナッキーもちょっと壊れ気味だ。それ以降、私たちのあいだでは「おぶさってやるぞ！」がはやり言葉になった。

「八甲田山死の彷徨」再び、か？ というところでようやく旅館に帰り着き、おいしいご飯をたらふく食べた後には、

「ううー、満腹。もう一歩も動けないであります！」

「気をしっかり持て！ 俺がおぶさってやるぞ！」

木の香りもかぐわしい温泉につかり、部屋で節々の痛みに呻《うめ》いている時には、

「こんな調子じゃ、明日はもう奥入瀬《おいらせ》を歩けないかもしれないわ」

「なあに、私がおぶさってあげるから」

と、こんな具合だ。

宿がしんと静まり返った真夜中に起き出し、真っ暗な中をまた風呂《ふろ》に向かう。空には気持ち悪いほどたくさんの星が輝く。ナッキーは流れ星をいくつも見つけたが、動体視力が低く視野の狭い私は、ちっとも見ることができない。

「ナッキーがかわりに、旅の無事を祈っておいてよ」

「うん。でも流れ星って本当に一瞬なんだよね。三回も願い事を唱えられるかな」

ナッキーは星が流れるごとに、「たびたびたび！」「ぶじぶじぶじ！」と、小分けにして願っていた。

翌日、私たちは奥入瀬に向かった。（以下次号。沖縄はまだ遠い）

ナッキー父の愛に打たれる

（前回のあらすじ）
八甲田山を死の彷徨《ほうこう》したナッキーと私は、ちょっと肌寒い風の吹きすさぶ「パパ指令」に従い、今度は奥入瀬《おいらせ》渓流に挑戦するのであった……。

旅館の朝食をガツガツとたいらげた私たちは、満を持して奥入瀬渓流に向かった。

「どれぐらい歩くのかしら？」

「川沿いの道を……そうねえ、四時間ぐらい？」

四時間と聞いてかなり不安になったが、実際には楽勝の道のりであった（これは「喉元《のどもと》過ぎれば」の感想で、歩いている時には「もうだめだぁ」と弱音を吐いていたような気もするが）。

ちょうど夏休みが終わり、紅葉の季節までは間がある時期。観光客も少なく、私たちは清流のすぐ脇《わき》に設けられた散策路を、十和田湖《とわだこ》に向かって歩いていく。私の「川」のイメージは、整地された広い河原があり、人々は大きな土手の上で犬を散歩させたりする、というものだが、奥入瀬渓流は違う。川面《かわも》と同じ高さの、整地されていない岸辺を歩けるのだ。

すぐ脇で、美しい水が時には激しく、時には淵《ふち》を作ってゆっくりと、流れていくのを眺めながら歩くのはとても気持ちがいい。流れが年月をかけて土を削っていくのを、自分の目で実感できる。しかも、まわりはブナの森だ。

私たちはすっかりいい気分になって、歌ったり「もののけ姫ごっこ」をしたりしながら湖に向かう。

「『すっかり足が萎《な》えてしまった』（『もののけ姫』のアシタカのせりふ）ところでナツキー、十和田湖ってどんなところ？」

「『生きろ！　そなたは美しい！』（同じくアシタカのせりふ）いやあ、どんなって、ふつうの湖だよ。そんなに目をキラキラさせて期待するほどではないと思うけどなあ」

あっさりと用件を話せばいいのに、必ずごっこ遊びを混入させてしまう。その調子で何時間も歩くうちに、だんだんむなしくなってきた。

「ねえ、ナッキー。なんだか私、肉体よりも精神が疲労してきたよ」

「私も！　私たち二人だとさあ、ごっこ遊びに歯止めをかける人がいなくて、延々と虚構の人物になりきって会話しちゃうでしょう」

「写真を撮るたびに、『いかがわしげなカメラマン』と『ノリノリのモデル』を演じてしまうもんね」

「なんで淡々と、『じゃあそこに立って。はい、チーズ』とできないんだろう。『いいねいいね、うーん、チャーミングだよ。あ、ちょっと顔を横向けてみよう。いいよいいよ！　ビューリホーだよ！』『いやあだ、キリヤさんたら（このころはちょうど、宇多田ヒカルの結婚が話題だった）。ナッキーはずかしい。ポーズはこうでいいですか？　えいっ、悩殺！』とか、ひとしきり騒がないとシャッターを切れないのかしら」

「気になってたんだけどさあ、ナッキー。あなた、だんなさんと二人のときもこんな調子なの？」

「うん！」

「だんなさんは何も言わないの？　つまり、突然アシタカや月影先生を演じてしまうあなたに、『もうやめてくれ』とかさ」

「全然。いつまでも相手をしてくれる。むしろ私のほうが、『もういいかげんにしてよ』と言うぐらい」

すごい……、最強のボケキャラと思っていたナッキーがツッコミにまわるほどのボケぶりとは。

「ナッキー、あんた、いいだんなさんを見つけたね」

私は友の幸せに、ちょっとうらやましさを感じずにはいられなかったのであった。

ようやくたどり着いた十和田湖は、私のイメージする「ふつうの湖」よりも数倍大きく綺麗《きれい》だった。湖を囲む山の木々がいっせいに紅葉したら、どんな景色になるのだろう。この深い青色の水も、葉を映して赤く染まるのかしら。

自然を満喫した私たちは、夕方に弘前《ひろさき》市内に戻った。

ナッキー父が青森に単身赴任していたときに、同じ職場だった女性二人が、「山唄《やまうた》」という居酒屋に連れていってくれる。津軽三味線のライブをやることで有名な店だ。

私は生演奏の素晴らしさにすっかり興奮し、

「ナッキー、ナッキー、この曲ね、私も練習してるんだよ。この演奏の百分の一ぐらいの速度で、迫力は九十五パーセント減で、音程が五十倍ぐらい間違ってる感じでなら、私も弾ける！」

と自慢（？）してしまった。

案内役をかって出てくれたお二人は、「パパ指令」（前回参照）を見ていたく感心した。

「すごいですねえ、『ナッキー父』さん」

「そういえば私たちのところにも、『娘が今度そちらに行くから、よろしく頼む！』ってメールが何度も来たんですよ」

「それがおかしくって、ナッキーさんが結婚したのは知っていたから、『だんなさんといらっしゃるんですか？』って聞いたら、『友だちとだ！　うちの娘は男と旅行になど行かん！』って本気で怒ってるの」

「ぎゃははは。結婚した相手とも旅行に行っちゃだめなんだ」

お父さんたら……と赤くなるナッキーを除き、私たち三人は大爆笑だ。

「いやあ、ホントにお恥ずかしい。父は結婚式の時も、足腰立たないほど号泣してましたから。私が半ば引きずるような形で、ようやくバージン・ロードを歩いたんですよ」

もうナッキー父のほうが嫁に行っちゃいそうな勢いだったらしい。今回の青森旅行は、「ナッキー父の愛」を確認する旅であった。

親切に案内してくださったお二人と別れ、私たちは再び深夜バスに乗りこむ。今度は寝相の悪いおじさんもおらず、私は快適な睡眠をむさぼった。

翌朝、ナッキーと別れ、都心でバスを途中下車する。そのまま空港でGと合流し、今度は飛行機で沖縄に向かうのだ。ダブルブッキングした日の和泉《いずみ》元○なみの移動距離だ。

考えてみれば、私の「恐《こわ》いもの」ナンバーワンは「飛行機」で、ナンバーツーは「海で鮫《さめ》に嚙《か》まれる」だ。それなのにどうして沖縄に行くことにしたのだろう。空港のロビーで自分の浅慮を後悔する。

ロビーに颯爽《さっそう》と現れたGは、小心者の私が、「乱気流に巻きこまれておおわらわな飛行機」や「泳いでいたら、あっ、鮫の背びれが波間に見え隠れ」などを想像して青ざめているのを見て取り、しょうがないわねえ、と苦笑した。

離陸するときも、「じゃあ、気が紛れるようになにか話をしてあげるよ」と言ってくれる。ああ、なんて優しい友だちなのだ。期待に満ちてGの話に集中しようと心がける私に、彼女は言った。

「あのね、飛行機関係の怪談を思い出したんだけど、離陸せんとする飛行機の翼の上に……」

「ぎゃあああ、やめて！　飛行機の恐い話はやめて！　ていうか、恐い話全般をやめて！」

私の悲鳴を乗せて、飛行機はいよいよ大空に飛び立った。（次回、話はようやく沖縄へ）

素晴らしきホテル生活

　Gと私の向かう先は、沖縄の小浜島《こはまじま》だ。なにやらNHKの朝のドラマ『ちゅらさん』のロケ地になった島らしいが、Gも私もそのドラマは見ていない。ではどうして小浜島を選んだかというと、ひとえにGの、

「てろてろしたベッドカバーがかかっていないリゾートホテルに泊まりたい！」

　という要望による。

　ガイドブックを見てみてください。「リゾートホテル」なのに、ビジネスホテルと変わらないような素っ気ない内装、そして妙ちくりんな柄のベッドカバーがかかっている部屋が、すごく多いことにお気づきでしょう。

　私は自分を、それほど「清潔」に重きを置く人間ではないと思うのだが、それでもいやなものはある。ホテルのスリッパとベッドカバーだ。素足でホテルのスリッパは履きたくないし、「きゃー、ボスン」とベッドカバーのかかったままのホテルのベッ

ドに倒れこむことなど決してしない。汗にまみれたおじさんの布袋腹《ほていばら》に倒れこむのと同じぐらい、できるなら回避したい行為である。

だから、Gの力説する「てろてろしたベッドカバーはいやだ」というのはよくわかる。Gは「沖縄に行く」とだけ決めてから、ガイドブックのホテルの内装写真で、ベッドカバーの吟味に取りかかった。そしてその結果、小浜島の新しいリゾートホテル、「ヴィラ・ハピラパナ」に白羽の矢が立ったのだ。

つまり私たちは、ホテルのベッドカバーで行き先を決めたというわけだ。

小浜島は、石垣島から船に乗って三十分ほどのところにある。西表島《いりおもてじま》もすぐ近くだ。那覇《なは》へ降り立ったGと私は、そこから石垣島行きの飛行機に乗り換える。無茶な乗り換え便を取っていたので、私たちは空港職員の「はやくはやく！」という先導を受けて、那覇空港内をドタバタと走った。なかなか恥ずかしかったが、私たちのせいで石垣行きの飛行機の離陸が遅れたら大事《おおごと》だから、必死になって走る。

なんとか間に合って、「よかったよかった」と席につく。私はさっそくそわそわして、機内誌に集中して離陸の恐怖に備えた。ところが、時間を過ぎてもちっとも動き出す気配がない。「どうした、なにごとだ」と機内はざわめく。

するとアナウンスが入り、

「機長が整備士と協議しておりますので、しばらくお待ちください」

と言うではないか。

「ちょっとちょっと、G。この飛行機は離陸間際《まぎわ》に機長と整備士が協議しなきゃならないほど、機体の具合が悪いのかしらね」

「うーん、さっきからなにやらゴソゴソとやってるわよ」

ほら、とGが窓から外を指差す。なるほどたしかに。若い整備士が翼の下に脚立《きゃたつ》を立てて、羽根に油を差したりしている。

「げげ、大丈夫なのかしらねえ」

いまごろ操縦席では機長と整備士が、「こんな状態で飛べとは、おまえは俺に死ねと言ってるのか！」「整備は万全だって言ってるだろ、このコンコンチキめが。俺に命をどーんと預けて、ぐだぐだ抜かさずさっさと行けっつうの！」と大喧嘩《おおげんか》の最中だろう。

最初は私も、「怒りに満ちて離陸した機長の操縦は荒くなり……」などと気を揉《も》んでいたのだが、そのうちに、「ああもう納得いくまで存分に協議して整備してくれ」という気分になった。なにしろ、炎天下のだだっぴろい空港に放置された飛行機の機内は暑いのだ。モーと立ちこめる熱気に、お客さんたちはダレ気味。

機長は整備士と仲直りしたのか、ようやく一時間後に飛行機は石垣島に向けて飛び立ったのだった。機長との長きバトルに打ち勝ち、滑走路に並んで手を振りながら機体を見送る整備士の皆さん。

私たちも窓から手を振り返しつつ、

「整備士の人たちの、あの笑顔を信じるしかないわね……」

「どういう意味の笑顔なのかな。『万全の整備をやり遂げた』なのか、『ホントにあの状態で飛んでっちゃったよ、おい』なのか……」

などと、不穏な会話を交わす。

飛行機は何事もなく石垣空港に着陸し、私は安全な航行にかける整備士と機長の心意気に感じ入ったのだった。

石垣島の港から船に乗り、私たちは夕方に小浜島に着いた。

それからの数日間はひたすら、波とたわむれた後に、自転車を漕《こ》いで集落まで酒を買い出しに行くことに費やされた。なんて正しい休暇の過ごし方だろうか。

小浜島は、海も文句なく美しいし、緑もいっぱいだし、沖縄らしい家屋の並ぶ集落もあるし、のんびりした時間を過ごしたい人にはおすすめだ。島にはリゾートホテルが二軒ある。ハイムルブシとハピラパナだ（どっちも、なんて覚えにくい名前なのだ……）。

どちらのホテルもご飯がおいしい。私たちが見た感じでは、ハイムルブシは家族向きで、ハピラパナはカップル向きのホテルだ。私たちはハピラパナに泊まったわけだが、部屋は広々として使い勝手が良く、内装も大変おしゃれ、従業員の人たちも親切だった。

オートロックなのに鍵《かぎ》を持たずにドアを閉めてしまったときも、従業員のおじさんは呆《あき》れた顔もせずに、マスターキーを持って部屋まで来てくれた。私はドナドナの牛のような気持ちで、粛々とおじさんの後をついて夜道を歩く（ハピラパナは、敷地内にコテージが点在するつくりになっている）。

ふつうの部屋でもじゅうぶんすぎるほど広いこのホテルの、スイートルームがどうなっているのか、私は知りたくてたまらなかった。そこで私は、この機に乗じてスイートルームも見せてもらおうと画策した。まずはさりげなく世間話から……。

「お忙しいのにお手数をおかけしてすみません」

「いえいえ」（ニコニコ）

「あのう、こういう、鍵を持たずにドアを閉めちゃう人って、けっこういますか？」

（マスターキーへと話題を転じるための前ふり）

「いやあ……」（いまどきそんな間抜けな失敗をするお客はいませんよ、と言いたいけど言えない感じの口ごもりかた）

「……ホントにすいません」（ガーン！　いないんだ！　一日に一組は必ずそういう客が出現すると踏んでいたのに！）

というわけで、「スイートルームを見せてくれ」とは、とうとう切り出せなかったのでした。前ふりを間違えた。「そろそろ結婚しようかと思うんですけど……」という方向で攻めるべきだった。うかつ……。

さて、私は以前から激しく寝言を言うことで一部に有名なのだが、今回もやらかした。

さわやかな朝、Gが言った。

「あんた昨日、夜中に突然『なんなのよー！』って大声で叫んだけど、あれはいったい『なんなのよ』」

「ご、ごめん。なんか夢を見て叫んじゃったみたい。てへ」

友の安眠を妨害したことを深く反省し、今夜こそはおとなしく寝るぞ、と決意した。ところが、寝る前に見たテレビが「心霊写真特集」だったのがいけなかった。なにやら恐《こわ》い夢を見てしまったのだ。

「ふぎゃあああ」

夜中に絶叫し、はたと目が覚める。いかん、かなりの音量を発してしまった。私はむくりと起きあがり、隣のベッドで眠るGをうかがった。よかった、起こさなかったようだ。やれやれ、恐いテレビを見て恐い夢を見るなど、幼稚園児のようではないか。私はまた布団《ふとん》をかぶり、ふがふがと眠りに落ちたのだった。

翌朝、Gはため息まじりに切り出した。

「で、昨日の悲鳴はなんなの？」

「ごご、ごめん。やっぱり起きちゃった？」

「そりゃ起きるよ、隣であんな大声をあげられたら」

「いやあ、心霊写真特集がいけなかったみたいでさ、もごもご」

「叫ぶだけならまだいいよ。でも、ガバッて急に起きるのはやめて。ものすごくびっくりするから」

「Gを起こしちゃったかなあ、と思って、起きあがって確認したの」

「うん、もういいから。とにかく夜は静かに寝るように」

「はい……」

あんた、最近会社でなにかいやなことでもあるの？

いや、なにもない。起こしてすまないね。

いいけど……、おとなしく寝てちょうだいよ。

ああ。

長年連れ添った夫婦のような会話だ。Gの私に対する基本スタンスは「しょうがないわねえ、もう」なので許してもらえたが、私は一緒に旅行するにはかなり迷惑な人間である。

こんな調子では、新婚旅行でハピラパナのスイートに宿泊する日は、永遠に来そうもない。

寝言の大きい自分を恥じつつ、まだ見ぬスイートルームにそっと別れを告げたのだった。

今日麩《ふ》の味噌汁《みそしる》

もう今週は本当に死ぬかと思った（暑さで）。

私の小さな手帳はちょっとした日記がわりにもなっていて、その日にしたことが簡単に書いてある。これを見ると一目瞭然《いちもくりようぜん》なのだが、暑い日には仕事量が落ちて逃避行動が増える。ちなみに、六月一カ月間に新しく購入して読んだ本（ほとんどが漫画）は四十七冊だったが、七月は五十七冊に増えた。これでも控えているつもりなのに、十冊も増えてるよ！

睡眠時間を削ってでも本を読む見上げた根性。というより、寝苦しくて読書をするうちに、こういう結果になってしまったのだ。

押し寄せる暑さを読書の楽しさで追い払いながら、なんとか毎日をやり過ごしているわけだが、先日ついに気力のすべてを奪われる事件が起こった。

原因は、その日の夕食に出た赤だしの味噌汁だった。

弟と私は一口含んだとたん、「まずっ！」と叫んだ。ちっとも味がついていないではないか。それは味噌汁の皮をかぶった、「赤い色をした湯の中に豆腐が浮かんだもの」だったのだ。

「なにこれ、びっくりしたー」

「味見したのかよ！」

私たちの抗議を母は平然と受け流し、ちびっと自分の分を飲んでみて、「あら、まずいわね」とのたもうた。そしてその味噌汁はなかったことにされた。母が、謝罪と反省の言葉を口にしないことあたかも政治家のごとし、という人なのは私たちももう学習していたので、ブツブツ言いながらも味の改善については諦《あきら》めた。

そして翌朝、再び赤だしの味噌汁が食卓に上った。昨夜の味噌汁の改良バージョンだろう。私はしずしずと味噌汁をすすり、今度こそ口から噴き出してしまった。ものすごく辛《から》かったのだ。死海の水で作ったのか、と言いたくなるほどの濃度であった。

「お母さん！　お母さんの辞書には『中庸《ちゆうよう》』という文字はないの？」

一口で人を高血圧で殺せそうなほど危険な味噌汁。青酸カリなみの毒物だ。私は今度こそ、断固抗議した。母の返答はこうであった。

「あら、辛かった？　この味噌がよくないのよ、きっと」

私は泣きながら弟を叩《たた》き起こし、顚末《てんまつ》を縷々《るる》述べた。寝起きの弟は地獄の番犬ぐらい凶暴な猛獣だ。足音も荒く台所にやってきて、母に言う。

「頼むから、新しい味噌を使う時は味見しながら料理してくれ。昨夜のと今朝ののあいだに、ちょうどいい分量があるはずなんだから」

しかし母は巧みに問題点のすりかえを行う。あんたたちはちっとも手伝わないのに文句ばかり言う、と私たちを責めはじめたのだ。しょうがないから私は洗い物をし、弟は眠そうな顔で食卓についた。

そして弟は出された味噌汁を口にして一言、

「死ぬ……これはマジでやばい」

と、うめいたのだった。低血圧のところへあんな塩からいものを飲んだら、だれだって血圧が乱気流を起こす。私は急いで、切っておいた桃を口直しにと弟に勧めた。彼はそれを箸《はし》で突き刺そうとして叫んだ。

「なんだこりゃ、石か！」

私は弁明する。

「その桃、皮は熟れ熟れなのに、中がいつまでも熟さないのよ」

「この家の食料事情はどうなってんだよ。岩塩をぶちこんだみたいな味噌汁に、鉄鉱石みたいな桃。まともな食い物はないのか」

ないのです。はあぁ、と朝から重いため息をついて、弟と私はいつまでも食卓で頭を抱えていた（母だけは元気にゴミを出しにいく）。

気力を奪われるのは暑さのせいなんかじゃない。たまに出される母の突拍子もない料理のせいだ。そして恐ろしいことに、暑さは夏限定だが、キテレツ料理は四季を問わずに出現する可能性がある。我々の受難は続く。

しかし私はこの受難を糧《かて》に、一つトリックを思いついた。以下は、生まれて初めて書いた推理小説ダイジェスト版である。

主《あるじ》の田所壮一（78）、執事の神崎勇蔵（54）、家政婦の津田トヨ（48）が暮らす「靄《もや》湧邸《わきてい》」に、客がやってきた。田所の娘の加藤雪子（56）と、雪子の娘の婚約者ロバート・ラスキ（29）だ。靄湧邸は嵐《あらし》で電話線が切れ、土砂崩れのせいで唯一《ゆいいつ》の道路も封鎖。陸の孤島となってしまう。たまたま、靄湧邸の裏を流れる川で釣りをしていた探偵・金田一小五郎とその助手・大森少年も雨宿りに駆けこんできて、役者はすべてそろった——。

みんなで歓談を楽しんだその夜、あてがわれた部屋に戻った大森少年は言った。

「お金持ちってよくわからないですねえ、先生。雪子さんとロバートさんはどうして、娘であり婚約者である人をそっちのけにして、二人でここに来たんでしょうか」

「やれやれ、また大森君の詮索《せんさく》好きがはじまった。雪子さんの旦那《だんな》さんと娘さんは、後から合流することになっていたと言ってたじゃないか。ま、この嵐では、それも難しいだろうが」

「なにか、におうんだよなあ」

翌朝、田所壮一がダイニングで苦悶《くもん》の表情を浮かべたまま事切れているのが発見された。病死か、他殺か？　動揺の走る一同。部外者である探偵とその助手は、苦しい立場に追いこまれる。

「ちぇっ。まるで僕たちを犯人あつかいだ。なんで僕たちが、昨日はじめて会った人を殺さなきゃならないんです。ねえ、先生」

「うむ……」

「へへっ。先生ったら、もう推理をはじめてるんですね。よーし、僕も考えてみよう。僕たちは、邸内にいる人間ばかりを疑ってるけど、外部から殺人鬼が侵入した、ってことも考えられますよね。もしかしたら、雪子さんの旦那と娘が嫉妬《しっと》に狂って共謀し、雪子さんとロバートさんを恐怖のどん底に陥《おとしい》れつつなぶり殺そうって腹じゃないですかね。ついでに田所氏の遺産も丸々手に入るとなりゃあ……」

「たしかに、邸内にいない人間が犯人だとすれば、疑いの目をそらすこともできて犯行がやりやすいだろう。しかし、彼らはどこに潜んでいるんだね？」

「庭に物置代わりの離れがあったじゃないですか。あそこですよ、きっと。探してみましょう、先生！」

二人は目も開けていられないほど酷《ひど》い風雨の中を、庭の離れに向かった。しかしそこには備蓄の塩や味噌があるばかりで、潜伏する殺人鬼の気配などかけらもない。落胆する大森少年。

ところが、邸内に戻ろうとした二人はとんでもないものを見つけてしまったのだ。

「せせせ、先生！　あれは死体じゃ……」

「ロバートさんだ！」

なんとロバートが、庭の井戸に転落して死んでいた。出入りする者がいないはずの靄湧邸敷地内にて、洪水のような土砂降りの中で水死。

「きゅ、究極の密室殺人だ……！（↑なぜ……）」

武者震いする金田一小五郎探偵。「大森君、これは私たちへの犯人からの挑戦状だよ。しかし、謎《なぞ》はだいたい解けた！」

「だいたいですか……」

ちょっとがっかりした大森少年を従えて、探偵はキッチンに飛びこむ。コンロには大鍋《おおなべ》に入った味噌汁が置かれていた。

「これを見たまえ、大森君。私たちは昨夜と今朝、赤だしの味噌汁を食べた。ところがいま、鍋の中には満杯の味噌汁が入っている。おかしくはないかね？」

「そうですか？　トヨさんが作り足したんじゃ？」

「そう、作り足す。だがなにゆえに？」

そう言って探偵は、ふふふと不敵に笑った。「さあ、みんなをダイニングに集めてくれたまえ、大森君！」

惨劇が嘘《うそ》だったかのように晴れ渡った空の下、探偵とその助手はぶらぶらと麓《ふもと》の町まで下りていく。

「見事な推理でしたね、先生。県警の警部さんもびっくりしていて、僕はちょっと鼻が高かったな」

「いやな事件だった。まさかあんなものが凶器になろうとは……」

「味噌汁が凶器とはねえ。トヨさんの復讐《ふくしゅう》の念には、どこか悲しいものがあるなあ」

「田所氏とトヨさんのあいだにできた娘さんは認知されることもなく、それでも素直で明るい子に育った。彼女は、仕事の関係で『靄湧邸』を訪れていた独身時代のロバートさんと知り合い、恋仲になった。ところが、ロバートさんはトヨさんの娘を裏切り、田所氏の孫であり、雪子さんの娘である女性を選んでしまったんだ。トヨさんの娘さんは世を儚《はかな》んで自殺。トヨさんはさぞ悔しく、悲しかったことだろう」

「それで、あの『恐怖の味噌汁』を飲ませるチャンスをうかがっていたんですね」

「ああ。大鍋の分とは別に、彼女は超濃厚赤だし味噌汁を小鍋に作っていたんだ。高血圧気味で心臓の悪い田所氏に、夜食と称してそれを出す。田所氏は一口で昇天したことだろう。そして今朝、ロバートさんに出した味噌汁も、小鍋からついだ分だったんだ」

「たしかに赤だしの味噌汁って、色からは濃さがいまいち判別できませんもんね」

「しかもロバートさんは味噌汁にあまり慣れていない。『昨夜に比べてずいぶん辛いが、こんなものなのかな』と飲んでしまったんだ。その後、彼は猛烈な喉《のど》の渇きにかられて井戸まで行き、転落した」

「トヨさんが突き落としたのかなあ」

「それはわからんね。事故だったのか他殺だったのか。私はそこまで、あの哀れな女性を追及したくはないよ」

探偵はそう言うと、悲しげに黙りこんでしまった。大森少年は強いて明るい声を出した。

「トヨさんは、小鍋に残った『恐怖の味噌汁』を証拠隠滅とばかりに大鍋に移し、水で薄めて味を調整した。先生は大鍋の味噌汁の残量から、トリックを見破ったというわけですね」

「そうだよ。でもそれだけじゃない。偶然なのか、トヨさんの娘さんが天国から送ってきたメッセージなのかわからないが……ヒントがあったんだ」

「えっ。なんです？」

「大森君。霧湧邸に集った関係者の、名字の一文字目に注目したまえ。タどころ。カんざき。ツだ。カとう。ラすき。……これをいろいろ入れ替えてみると、どうなる？」

「えーっと？　……あっ！　先生、これは……」

探偵はうなずいた。

「そう、『カラカッタ』……『辛かった』だ」

「こ、こんなことってあるんですね……」

神のいたずらか、殺人を犯そうとする母を気遣う亡《な》き娘の思念がなした必然なのか。

二人はもはや言葉もなく、緑濃き木々の合間を歩いていったのだった……。

イタタタ！　石を投げるのはやめてください！

いつだって真剣勝負

テレビの法律番組を、母と弟とぼんやり眺めていたら、例として以下のような再現VTRが流れた。

「雨の日にコンビニエンスストアに行ったら、バカップルがいちゃついていた。『なんだよなあ、もう』と思いながら買い物をすませて外に出ると、置いておいたはずの自分の傘が傘立てから消えていた。先に店を出ていった、あのバカップルが盗《と》ったに違いない！　憤懣《ふんまん》やるかたないことである。仕方がないから、傘立てに残っていたバカップルのものらしきボロ傘をさして帰る。さあ、この行為は、罪か罪じゃないかどっちだ？」

答えは、「いくら自分の傘を盗まれたからといって、傘立てに残った自分のものじゃない傘をさして帰るのは、窃盗罪なので有罪」だそうです。

これを見た私たちは、それまでのぼんやりモードをかなぐり捨てて、議論百出の状態になった。
私「ああー、こういうことってあるよね！　ホントに腹が立つ」
母「あんただったらどうする？」
私「もちろん、バカップルを追いかけてタコ殴りにしてやるよ（それじゃ傷害罪です）」
弟「そうじゃねえよ。ブタさん（と弟は私を呼ぶ）のカップルに対する怨念《おんねん》を問題にしてるんじゃないだろ。傘立てに残った傘をさして帰るかどうか、だよ」
私「さして帰らないよ」
母「ええー？」
私「ええー、じゃないでしょ。当然だよ。こういう目にあった場合で、私が残った傘をさして帰るのはねえ、以下の条件の時だよ。①店に私とバカップルしか客がいなくて、バカップルが先に帰る。後から傘立てを見たら、私のじゃない（つまり、明らかにバカップルのものだとわかる）傘が残っていた場合。②傘立てに自分のと同じビニール傘が残っていて、しかし持ってみたらなんとなく自分のものではないような感触がする。それでも、まあ同じビニール傘だし、これを自分のものとしてもいいか（つまり、取り違えられたことが明らかである）、という場合。以上」

母「じゃ、ふだんビニール傘を使ってないあんたは、傘を盗られたら諦《あきら》めて濡《ぬ》れて帰ってくるの？　傘立てに何本か傘が残っていても？」

私「いや、だからそれが当然でしょ。私が、傘立てに残ってる他の人の傘を使ったら、まただれかが濡れて帰らなきゃならなくなるじゃないの。悪循環は自分のところで断つ。それが合理的なやりかたというもんだよ」

母「いやだいやだ。そんないい子チャンなこと言ってるから、あんたはいつも何に対してもプリプリしてるのよ」

私「……（法を遵守《じゅんしゅ》しようという人間に対してひどい言いようだな、おい、と思いつつも黙っている）」

弟「じゃ、おふくろはどうするんだよ」

母「私？　私は濡れて帰るのいやだから、傘立てに残った中で自分の趣味に一番合ったものをさして帰るわよ」

弟・私「それは違うだろ!!」

弟「こんな罪深い人間が母親なのに、よく俺はまっとうに育ったもんだ。いいか、そういうときは、自分の傘に一番似た傘をさして帰ればいいんだよ。その局面で、あわよくば自分の傘より高価で趣味のいいものを……などと吟味するのは、欲が深すぎる」

私「あんたが異を唱えたのはその点のみかい！　いい？　自分のものを盗られたからって、人のものを盗っていいということにはなんないのよ。被害を拡大させないためにも、バカップルを渾身《こんしん》の力で呪《のろ》いながら、潔《いさぎよ》く濡れて帰ればよし！」

弟「それよりも、コンビニで傘を買えばいいだろ」

母「そうよー。あんた、たかが傘なんて甘く見て、雨に濡れて肺炎にでもなって死んじゃったらどうするの。ケチらないでビニール傘を買いなさいよ」

私「（『傘を買う』という選択肢があったのなら、最初からそう言ってくれよな、と思いつつ）私は濡れて帰るって言ってるでしょ！　ほっといてよ！」

母「あー、馬鹿《ばか》だ馬鹿だ、この子は。そんな間抜けな理由で肺炎で死ぬなんて、なんて親不孝なんだろう」

私「変な演技はやめてよね。まだ雨に濡れたわけでもないんだから！」

テレビ番組が原因で、なぜか真剣な喧嘩《けんか》になる。それにしても、自分の家族がこんなに倫理観の薄い人たちだとは思わなかった。

最後の頼みの綱、とばかりに、

「あっ、そうだ。お父さんがいるじゃない。お父さんが帰ってきたら、どうするか聞いてみようじゃない」

　と私が言うと、母は、「聞くまでもないわね」と鼻高々で答えた。

「前にお父さん、だれとも知れぬ人の傘をさして帰ってきたもの。飲んでいたら、自分の傘がなくなっちゃったんですって」

　あああー、すでに実行犯がいるよ、おい。やっぱり私がお人好《ひとよ》し（というか小心者）すぎるのだろうか。べつに、「死んでも闇米《やみごめ》は食べませんでした」というほど崇高な精神があるわけではなく、雨に濡れながら、傘を盗ったカップルへの怨念をますます高めたほうが、自分の精神衛生上いい、というだけのことなのだが。生命に直結することだったら、私はものすごく浅ましくなれる自信がある。私が肺炎になったら、すぐに病院に運んでもらいたいものだ。

　その際、入院する病院はできれば泉田病院がいい。泉田病院というのは、ドラマ『真夜中の雨』で織田裕二《おだゆうじ》が勤務する病院だ。

　テレビを見てはすぐ下らない言い合いをしてしまう母と私だが、ものすごく意気投合して見入っている番組もある。それが、この『真夜中の雨』なのだ。大病院を舞台に、織田裕二（天才外科医）と松雪泰子《やすこ》（刑事）が過去に遭遇した事件の謎《なぞ》を解き明かしていく……というとってもシリアスな筋立てのわりに、ツッコミどころが満載。

オープニングの主題歌（歌・織田裕二）からして、ドラマの雰囲気に合っていない。

「これ聞くと、なんだかドラマを見ようという意欲が失《う》せるのよね」

「主題歌にするなら、内容に合った曲調にすればいいのに」

と、ブラウン管にヒビが入りそうな勢いで、二人して飽きもせず毎回文句を言う。

他にも、大病院なのに医者と看護師の数がものすごく少ない、とか、松雪泰子は刑事の仕事を全然せずに病院に居座っている、とか、織田裕二ばかり当直している、とか、石黒賢と織田裕二は話すとき顔を近づけすぎだ、とか、いろいろ言いたいところがある。

私が一番気になるのは、織田裕二と松雪泰子は、いったいいつになったら恋仲になるのか、ということだ。

「いくら謎解きに眼目があるからって、こんなに恋の香りのしないドラマも珍しいよね」

「あんたはカップルを見ると怒るくせに、なんでそんなにこの二人をくっつけたがるの」

「だってさあ、せっかく美しい松雪泰子が出てるんだよ？　甘い恋のシーンも見たくなるのが視聴者の偽らざる心情というものでしょ。ただ『えっ？』とか『どういうこと?』とか言うだけの、『謎解きをする女刑事』という役どころなら、べつに松雪泰子がやらなくてもいいじゃない。もたいまさこでもよかったじゃない」

「もたいまさこも、肌のきれいさでは松雪泰子に負けてないし……。案外そのほうが、謎が早く解明されたかもしれないわねえ」

「でしょう? ああもう、歯がゆさを覚える以前の段階だよ、この二人の関係は! もうすぐ最終回だってのに」

母は、「そういうことは、まわりがヤキモキしてもしょうがないのよ」などと、見合いがうまくいくかどうか鷹揚《おうよう》に見守る市原悦子、みたいなことを言うが、私は、「残された時間はあまりにも短いんだよ!」とはらはらしっぱなしだ。過去の事件の真相云々《うんぬん》よりも、せっかくお膳立《ぜんだ》てされた現在の恋のチャンスを大切にしようや。

もういっそのこと、本当に肺炎になって深夜に救急車で泉田病院に運ばれ、「あ、あんたたちの仲のいいところを、いっぺんでいいから見せてくれんか。この老いぼれの最後の望みじゃ。ゲホゲホ」と言ってやりたいぐらいだ。でもそういうときにかぎって、当直の医者は熱川先生(渡辺いっけい)なんだよな。

五章　世界の崩壊と再生

膿《う》めよ、腐《ふ》えよ、血に満ちよ！

腹ちゃん（仮名）からの電話が鳴ったのは、ある寒い夜のことであった。

「ごきげんよう。ときにあなた、二十四日はどうなさるの？」

「まあ、どうして毎年毎年お聞きになるの。いやな方」

「おほほ、その調子じゃ今年もお一人ね。それではいかが。私と遊びませんこと」

「なにさ、結局あなたも一人ってことじゃあないの。よくてよ、遊びましょう」

すぐにキリスト聖誕祭前夜に街に繰り出す算段が始まった。しかし生来盛り場には疎《うと》い二人であったので、件《くだん》の宵《よい》にどこがひときわ賑《にぎ》わいを見せるのかとんと見当もつかぬ。お台場はどうか、いやあそこは海風が寒い。渋谷はいかが、それほど若くもない、と侃侃諤諤《かんかんがくがく》の論議の末、カフェーの女給が笑いさんざめき、モボ・モガが闊歩《かっぽ》する街、花の銀座をぶらつく仕儀と相成った。

「そしてついでにミレナリオを見ましょうよ。私あれをずっと見てみたかったの」

腹ちゃんが弾んだ声で提案する。

「ミレナリオ？　ミレナリオってなに」

「数年前からこの時期にやっているじゃない。きらきらと電飾が輝く通りがあるのよ」

「ああー、丸の内に出現するというあれをミレナリオと言うのね。いや、噂《うわさ》だけで見たことはないんだけど」

こうして銀座→ミレナリオという最強のプランが出来上がった。

さて、指折り数えた今日が生誕前夜祭。銀座の大通りは人の波でのろのろとしか歩けない。待ち合わせ場所であるティファニー本店（これまた自虐《じぎやく》的でベタな待ち合わせ場所）を目指して私がなんとか前進していると、待ちきれなかったらしい腹ちゃんからPHSに連絡が入る。

「いまどこにいらっしゃる？」

「松屋前ですわ。もうすぐそちらに着きます」

「迎えに行きますわ。白いコートを着ているのがわたくしよ！」

わたくしよ！　って、この人混みの中で……。若干の不安を覚えつつしばらくそのまま歩いていると、たしかに白いコートを着て颯爽《さつそう》と歩いてくる腹ちゃんの姿が見えた。ところが腹ちゃんはこちらには気づかずにそのまま私の横をすり抜けようとする。

「腹ちゃん、私はここよ！」

と声をかけると、彼女はハッとしたように歩みを止めた。

「すごい西日でなんにも見えずに歩いていたの」

その言葉に振り返ってみると、たしかにまぶしくて目が開けられないほどだ。なんにも見えなかったくせに自信に満ちあふれた様子ですたすた歩き、すれ違った私を見過ごすとはさすが腹ちゃんだ。とにかく無事に落ち合えたことを喜び、私たちはティファニーへ向かった。

すごい。ティファニーもすさまじいばかりの人でごった返している。カップルがガラスケースの前に鈴なりだ。

「どうして二十四日の当日になってティファニーに来るのかしら。プレゼントは事前に購入しておいてほしいものだわ」

腹ちゃんはおかんむりである。

「まあまあ。実物を見て好きな物を買ってもらおうということじゃないの」

「たしかに、趣味に合わない指輪をもらってもつけなきゃいけないのは、嫌なものよね」

「私……、指輪ってもらったことない」

「四半世紀以上生きてて一度も⁉」

グサッ。ううう、痛い。出血多量で死んじゃうよー。しかし腹ちゃんは血みどろの私に気づくことなく、

「でも私はどっちかっていうとティファニーよりブルガリのほうが好きだなぁ」

などと言っている。クリスマスイブに女二人で銀座に乗りこんだあたりで、すでにティファニーともブルガリとも縁遠いのに。

人だかりが一段とすごいのは、やはりそれなりにお手頃価格のシルバーの指輪が並んでいるらしきケースの前だ。「らしき」というのは、あまりの人の多さについにケースの中身を直接目にすることはかなわなかったからだ。だから本当はあのケースの中にはマグロの赤身が並んでいたのかもしれない。仕方がないから私たちは何百万、中には一千万(!)を超えるような指輪が並んでいるケースを眺めていた。

「か、輝きがまぶしすぎる!」

「こんな大きなダイヤの指輪をしても、だれも本物と思ってくれないよね」

「やっぱりマダームがつけると、それなりに本物に見えるのかしら」

真剣に婚約指輪を吟味するカップルの隣で、ひたすら目の保養に励む。しかしダイ

ヤの輝きでは腹が満たされないのが生き物の哀《かな》しいところ。ちょっと早いが、カップルたちがディナーと洒落《しゃれ》こむ前に夕食をとることにした。

やはり洋食でしょう、ということでガツガツと肉をむさぼる私たち。景色のいい窓《まど》際《ぎわ》の席もまだ空いていたのに、そこには私たちは通されない。後から来た男女のカップルがそこに座るのを見て、腹ちゃんの怒りが炸裂《さくれつ》する。

「なんで私たちは窓際じゃないのよ！」

「ま、まあまあ。ここはムードを盛り上げたいあの人たちに譲ってあげましょうよ」

「やってらんないわ」バクバク。「私はねえ、夜景の見えるバーとかで一人で飲むのが好きなのよ」

「そんなことしてるの」

「たまの楽しみよ。それなのにそういう時も必ず、一人で来た客は外の見える席には通されないのよ。カップルばっかりがいい席をもらってさ。カップルは外なんて見ずにお互いの顔見てりゃいいのに。このあいだなんて、『やだ～、あの人一人で来て飲んでるよ～。信じらんない～』と聞こえよがしにクスクス言われて、もうほっとけっつうのよ！　好きなんだよ、一人で飲むのが！」

「まあまあまあ。一人じゃ店に入りづらいと感じる人って、けっこういるものだから」

「それこそ私には『信じらんない〜』だわ。私はねえ、コース料理でも一人で食べに行くよ。一人だと、食べるスピードとかに気を使わずに思う存分料理を楽しめていいじゃない」

「そしていざ誰かとつきあうと、面倒くさいって思うんでしょ？」

「そうなのよね」

と腹ちゃんは嘆息する。一人でなんでもさっさと楽しめちゃうのが彼女の敗因であろう。

「しをんちゃんも一人で夜の清水寺に行ったことがあったでしょ？　写真撮ってください、とか言われなかった？」

「いや、そういうことはなかったね。私、道はよく人に聞かれるんだけど、写真を撮ってくれとはあまり依頼されないの」

やはり見るからに機械に疎そうだからだろうか。方向感覚の欠如も相当なものなのだが、それは見た目からはあまり判別できないからな。

「私なんて去年のクリスマスに山下公園を散策してたら、ものすごい数のカップルに呼び止められたよ。何組の写真を撮ったか覚えてないね」

腹ちゃんも、なんでクリスマスに一人で山下公園なんかに行くんだか。とにかく今日こそは絶対にカップルの写真は撮ってやらないぞ、と心に決め、私たちは丸の内に向かった。

東京駅丸の内北口から、すでにミレナリオに行く人々の列は始まっていた。誘導に従ってオフィス街を進むと、ある一角で行列はぴくりとも動かなくなってしまった。まだミレナリオのミの字も見えないあたりなのに、人の渋滞が起こっているのだ。朝の通勤列車なみの人口密度の中、ぼんやりと道に立って列が動くのを待つ。

「これじゃあ写真を撮るどころじゃないね」

「いま、物を落としても絶対に拾えないよ。身動きできないもん」

なんとビル一軒分の距離を一時間半かけて進む。途中で帰ろうにも人がすごくて後戻りもできないのだ。しびれを切らしたのか、カップルたちの密着度は徐々に高まっていく。

「あ、あの人たちもくっつきだした」

「こっちはさっきからチュッチュと大変なことになっとるよ」

こそこそとカップルの観察報告をしあって暇をつぶす。それにしてもあったかい。夜で気温が下がったにもかかわらず、大量の人間が道にあふれてひしめきあっているから、風も通らずにぬくたいのだ。アツアツなカップルも大勢いるしな。雪山で身を寄せ合って難を逃れたという逸話を初めて実感した。本当に人間の体温なんかで山の寒さに対抗できるのか？　と思っていたが、なるほど結構ぬくぬくするもんだ。

ようやく遠くに光のアーチが見えはじめる。

「おお、ラピュタは本当にあったんだ！」

そんな気分である。白や赤や緑の電飾がきらめく豪華なアーチが、ずっと続いている。しかし近づくにつれ、私の眉《まゆ》は寄っていった。

「ねえ、腹ちゃん。これってなんだか……パチンコ屋みたいじゃない？」

ガクッとうなだれる腹ちゃん。

「ほんっとうにロマンを解さない人ねえ。でもたしかにパチンコ屋に似てる」

スピーカーから流れる聖歌も音が割れていて、街宣車が流す音楽みたいなのだ。ますますパチンコっぽい。二時間近くもだらだらと並ばされて、現れたのがえんえんと続くパチンコアーケードというのはなんともつらい。結局私たちは、交差点でそそくさと電飾通りから外れてしまった。

「いやあ、やっぱりクリスマスは自分の部屋でゴロゴロしてるにかぎるね」

「なんとなくそんな結論になるんじゃないかとは思ってたんだけど」

「まあ四半世紀に一度ぐらいはクリスマスの街に繰り出してみてもいいじゃろう」

「繰り出す相手が私しかいないっていうのがあなたの一番の問題点なのよ！」

と腹ちゃんの厳しいツッコミが炸裂。ううう、また傷口をえぐるようなことを……。なあに、気にしないさ。なんといっても腹ちゃんだって、一人でコース料理を食べてバーで酒をかっくらう、カップル御用達《ごようたし》の写真家なのだから。

腹ちゃんは懲《こ》りずに、また来年もクリスマスにふらふら出歩くそうだ。

「どこがいいかなあ。ディズニーランドはどうかしら」

クリスマスにネズミ御殿に一人！ それはかなりチャレンジャーだ。しかし私も猛然とそれをやってみたくなってきた。普段はネズミ御殿になどちっとも行きたくないが、クリスマスに一人で乗り物で遊び、ネズミと握手などしてみるのも乙《おつ》なもの。

山が高ければ高いほど私の心も燃え上がる。待っていろよ、シンデレラ城。来年のクリスマスにはきっと貴様を制覇してやる！ もちろん単独登頂だぜ。いばれることじゃないが。

欲望にまみれたゆく年くる年

あけました。いやあ年末年始、さまざまなことが目白押しで、新年最初にはいったい何を書いたらいいのかしら、と嬉《うれ》しい悲鳴をあげていたのだが、いざこうして書きはじめてみて、あんまり何も起こっていなかったことに気づいた。なんだ、いつもどおりの年越し&正月だったんだ……とちょっとガッカリ。

まず年末だが、仕事をせなあかん、あかんっちゅうのに！　と言い聞かせる理性を無視して体はなぜか冬コミに……。こんなに欲望のまま行動していたら、春先にはコート一枚羽織っただけで道に飛び出す人になっちゃうんじゃないかと不安です。そして個人的に特筆すべきは、冬コミ会場で、拙著（『月魚』『白蛇島』）のパロディー同人誌が売られていることを発見したことだろうか。ううう、感無量。瀬名垣《せながき》と真志喜《ましき》も熱燗《あつかん》を傾けながら喜んでいることでしょう。もうバンバンやっちゃってください。

と、本を書いた当人が言っていいものなのかわからないが、読者のみなさまにキャラクターが愛されていることを知り、私は涙しました。

さて、冬コミ後はこれまた恒例の、年末武道館バクチクライブ。もちろん死国のYちゃんと合流する。Yちゃんももう、私が冬コミ→ライブといやな流れで行動していることは知ってるので、会って第一声は、「あれ、なんだか荷物が少ないやん」だった。

「今年はあんまり同人誌（ああ、そんな大声で）買わんかったの？」

「いや、買ったさ。宅配便で送ったから身軽なのさ」

「あ、そうなん」

と、Yちゃんはちょっと私を哀れむ目になった。そのとき私は、Yちゃんの声が掠《かす》れ気味なことに気がついた。

「Yちゃん、体調は大丈夫なの？　なんだか声が変だよ」

「これねえ、変声期なんよ！」

と、Yちゃんはなぜだかウキウキと説明しだす。「もう一カ月以上、喉《のど》ががらがらして声がうまく出ないん。たぶんそろそろ、野太い声に変わるころだと思うんやけど」

「ああ……、それで、すね毛とかも濃くなるわけね？」

「そうそう。しをんの好きな胸毛も生えるかもしれんよ」

「いや、賭《か》けてもいいけどそりゃ風邪だ！　こんな寒いなか、年末に東京まで来てる場合じゃないよ、あなた！」

「そうなのかなあ。私もうすうす、風邪なのではと思わなくもなかったんやけど、熱もないし体はぴんしゃんしとるんよ？　今日の日を楽しみにするあまり、毎晩それこそ思春期の少年のように胸高ぶらせておったぐらいよ？」

「心は万年思春期でも、君の体は確実に風邪菌に冒されておる。おとなしく休養したまえ」

　私たちは取っておいたホテルの部屋で昼寝し（久しぶりに会った友人と、ろくに会話もしないうちに昼寝する……）、とっぷりと日が暮れてから武道館に向かった。

　ライブ会場には、各ブロックごとに案内と人員整理のために配された係員がいる。たぶんアルバイトで雇われた大学生なのだと思うが、ライブが始まるまで、そのうちの一人にＹちゃんと私の目は釘《くぎ》づけだった。

「ねえ、Ｙちゃん。気がついてる？」

「ついとるよ。あの人やろ？　うぷぷ」

　その係員は、まだ観客席の明かりが煌々《こうこう》とついているにもかかわらず、なぜか手にした懐中電灯をONにしているのだ。そして、自分の席を探すお客さんが差し出すチケットの番号を、わざわざ懐中電灯で照らしてチェックする。米粒に書いたお経だって読み取れそうなほど、場内は明るいというのに、だ。

「どういうことなのかな。あの人はまわりが明るいことに気がついてないんやろか」

「ものすごい鳥目だとかね」

「あ、もしかしてあの懐中電灯は、特殊な明かりを発してるのかな。あれで照らすと、チケットに特別なインクで擦りこまれた紋章(どんな紋章だ)が浮かび上がるんとちがう?」

「このペラペラの、カラーコピー機でいともたやすく偽造できそうなチケットに、そんな細工が?」

私たちはバッグからチケットの半券を取り出し、透かしたり裏返したりして調べたが、それはどう見てもただの紙のようであった。そうこうするうちに、

「あっ、あっ! あの人、懐中電灯を消したで!」

「ホントだ。あらら、なんだか気まずそうな顔してる」

「やっぱり懐中電灯をつけてたのは、彼の間違いやったんね」

どうしたら、明るい中でわざわざ懐中電灯を用いてチケットを確認する、という間

違いを犯せるのか私にはわからないが、Yちゃんは納得したらしい。「よしよし」と遠くから彼に一人でうなずきかけ、チケットを再びバッグにしまった。

余念無く人間観察しつつもライブを楽しんだ私たちは、神楽坂《かぐらざか》の居酒屋に場所を移して豪快に飲み食いした。

「いやあ、今日のあっちゃんのディナーショーみたいな衣装もステキやったわぁ」

「えっ⁉ う、うん……。私はなんだか往年のジュリーを彷彿《ほうふつ》としたよ……」

微妙に意見の食い違いを見せつつも、仲良く酒を飲む。

Yちゃんの近況を聞くに、どうやら元走り屋から熱烈なるアプローチを受けているらしい。Yちゃんはたしかに変な人だが、実物の外見は華奢《きゃしゃ》で可愛《かわい》らしい女性なのだ。その底でとぐろを巻くダークネスな部分に気づかない男性たちから、これまでもいろいろアタックされてきたのだが（そしてそのことごとくを、彼女は「ごにょごにょうるさい」と退けてきたのだが）、今度ばかりはちょっと様子がちがう。Yちゃんも、「つきあうにやぶさかではない」という感じなのだ。「やぶさかではない」などという言い回しを使う若い女性とつきあうのはいかがなものかと思わなくもないが、とにかくめでたいことだ。

「その人は昔ねえ、藤原豆腐店（『イニシャルD』）と同じ車に乗ってブイブイ言わせとったんやって」

「ブッ」

私は酒を噴き出す。「すごいね。根っからの走り屋なんだ。じゃあ、子どもの名前は『拓海』で決まりだネ」

「それは気が早いわ。で、その人はいま、自分の家を建てとるんよ（彼は現在、内装業らしい）。間取りやインテリアについて私が口を出してもいいやろか」

「それこそ気が早いだろ！」

やれやれ、二〇〇三年も結婚式ラッシュになりそうだな、と観念しつつ、私はYちゃんのおつきあいの行く末を見守る次第である。

年が明けてお正月に、今度は友人Iちゃんと腹ちゃんに会った。私もそろそろ恋がしたいような気もしなくもない、と思ったので、二人に「ねえ、だれかいい人はいない？」と話を持ちかけてみる。

するとIちゃん（現在、北海道で司法修習中）が言った。

「しをんは顔にこだわる？」

「べつにこだわらないよ。こっちがこだわれるような顔してないし」

「うーん、じゃあ中身でいうとどんな人がいいの？」

「知性があって性格のいい人」（言うだけはタダなので言ってみる）

「うん、バッチリ。いるよ、しをんの好きそうな人、一人知ってる！」

「なにー！　早く言ってくれたら、去年のうちに北海道に飛んだのに。でもそんな、知性があって性格のいい男には、絶対に素敵な彼女がもういるよ」

「うーん、どうだろう、だって顔がねえ……」

「あなたそんな、顔顔って、いったいどんな顔なのよ、その人は」

「うーん……（うなってばかりのIちゃん）。まあはっきり言って見るに耐えない」

はっきり言い過ぎである。これじゃ埒《らち》が明かないので、私は戦法を変えることにした。

「じゃあさあ、芸能人でいうとだれに似てるの？　高木ブーとか？（ブーさん、すみません！）」

「いや、あんなもんじゃない。あえてたとえると、かわうそくん（Ⓒ吉田戦車）かな」

「かわうそくん！」

絶句する腹ちゃんと私。人間ですらないではないか。

でも、そんなことは小さい小さい。私はいままで、友人たちが「あの人かっこいいよね」と噂《うわさ》する男性をかっこいいと感じたためしがないので、かわうそくんはむしろ好みのど真ん中かもしれない。とにかく、かわうそ氏の写真の入手と、私をかわうそ氏に売りこむことをIちゃんにお願いしておいた。

「腹ちゃんは、だれかいい人を知らない?」

手は多く打っておくに越したことはない。私は腹ちゃんにも聞いてみた。腹ちゃん(医者)はあっさりと、「たくさんいるよ」と言った。

「結婚する間もないほど忙しい医者なんていっぱいいるからね。常にお嫁さん募集中の男なんてゴロゴロしてるよ。もちろん高収入」

「ふむふむ、いいではないの。紹介してくださらない?」

「いいよ。ちょうどいま、私の上司の先生(三十代後半)が『だれかいないか〜』って吠《ほ》えてるから。彼の口癖はね、『女性は結婚して家庭に入るべし』だよ」

「そんな男はダメじゃい!」

愛の狩人《かりゆうど》として、一年間貪欲《どんよく》に森をさすらう所存です。早くも獲物はゼロで終わりそうな予感がビンビンするが、とりあえず脳内猟犬ボルゾイ(トルストイも愛したという高貴な犬種。だけど私の脳内ボルゾイは、これまでの怠惰な生活がたたって太っちゃってる)を野に放ってみるか。

選択式姉弟制度の導入を願う

朝から旺盛《おうせい》な食欲をみせてガツガツとご飯を食べていたら、弟が起きてきた。

「あ、おはよう。柿《かき》の葉ずしがあるよ」

弟は寝癖のついた頭のまま、挨拶《あいさつ》もせずにちらっと私を見て言った。

「ブタさん……、昨日、なんか録音してなかったか?」

「録音?」

私は首をかしげた。ビデオの録画もしていないし、録音ってなんだろう。

「してないよ?」

「いや、してただろう。正直に言ってくれ。聞こえたんだよ、おまえが部屋で一人でなにやら熱演してる声が!」

弟は珍しく真剣な表情で詰め寄ってくる。私はようやく思い当たることがあって、

「ああ!」とうなずいた。

「なんだ、あんた昨日家にいたんだ。やだなあ、いるんならいるって言ってくれなくちゃ。あれはね、書いたものを朗読してみてたの。文章のリズムを確かめたかったから」

「自分で書いたものを朗読して録音したのか」

「なんでそんなに録音にこだわるのよ。録音はしてないってば。私はそこまで自分にウットリしたりしないわい」

「そうか……」

弟はフーッとため息をついた。「いや安心した。俺は、『つ、ついにあいつ、愛読するオタク小説を登場人物になりきって熱演し、それをテープに吹きこむようになりやがったか！』と肝を冷やしたよ」

「なんでそういう発想になるのよ。喘《あえ》ぎ声のかけらもない小説を、淡々と声に出して読んでるだけの人間にむかって、なんて言いぐさなの！」

「なにが『淡々と』だ。俺は心配してやってるんだぞ。かなりノリノリでなにか一人でしゃべってるから、『ああ、とうとうあいつ、見えない人と楽しく語らうようになっちゃったのか、はたまた、オタク度合いが進行して一人アフレコしてるのか……』って」

「そんな心配はしなくてよろしい」

「とにかく、なんであれ音読するのはやめろ。な?」

「いいじゃん! 『声に出して読みたい日本語』はバカ売れじゃん!」

「関係ないだろ! それに俺は断然、黙読推奨派だ!」

『声に出して読みたい日本語』で取り上げられているような本は、一冊たりとも読んだことがないであろう弟は、憤然とすしに巻いてある柿の葉をむしり取った。そして、その柿の葉を丁寧に畳む。弟は蜜柑《みかん》の皮も脱いだ洋服も、いついかなるときもきちんと畳むのだ。

「なんだよなあ……ひとの生活にすぐ注文つけてくるんだもんなあ……」

私は自分の分の柿の葉ずしを確保しながら、ぶつぶつと文句を言ってみる。

「隙《すき》がありすぎなんだよ、ブタさんの生活は。ちょっと、それ食いすぎ。一個よこせ」

弟はさっさと朝ご飯をすませると、出かけるしたくをはじめた。

「あら、あらあら、あんたどっか行くの?」

「べつに」(↑弟の口癖。会話が成り立たない)

「ねえねえ、じゃあ本屋で『音楽と人』(雑誌名)買ってきてよ」(↑でもめげない)

「『音楽と人』？」

弟はなにやら警戒する風情《ふぜい》になった。「なんで」

「櫻井敦司《さくらいあつし》・今井寿《ひさし》（バクチクのメンバー）巻頭特集」

「やだよ！」拒む弟。

「レジの人に、『いやあ、姉に頼まれちゃって』って言っていいからさあ」すがる私。

私があんまり懇願するものだから、弟はしぶしぶ、

「それはいま、本屋に並んでる号なんだろうな？」

と態度を軟化させはじめた。

「うん！　でも、今月の初めに発売されたものだから、もうないかも……」

「なんで発売日に買っとかないんだよ！」

またもや弟の怒りが炸裂《さくれつ》。「おまえのそういう鈍くさいところが我慢ならない。雑誌は発売日に買う。映画は公開初日に観《み》る。常識だろう！」

そんな弟は、『少林サッカー』を初日に観にいった。『スターウォーズ・エピソードI』のときは、私もその意気込みを理解してやってもいいかと思った。でもなにも、『少林サッカー』まで初日に観る必要はなかろう……。

弟と私は、生活習慣も考え方も、あんまり通じ合わないのだ。

先日も弟は、「琴線に触れる」という言い回しを、「は、なに？　キンセン？」と聞き返してきた。

「あんたもうちょっと言葉を知ってよ。心の琴がブルンブルン震えるように感じるものがあった、ってことだよ」

「話してるときにそんな古くさい言い回しを使うのが悪いんだろ！」

「古くさくなんかないよ！　じゃああんたは心がブルブル震えたとき、なんて表現すんのさ！」

「いまおまえ言ってるじゃねえか。『ブルブル震えた』」

「バカ！　あんたなんてオタンチンだ！」

「『オタンチン』とか、死語の罵《のの》り言葉も使うな！」

「死語じゃないもん！」

「おまえ以外に使ってるやつ聞いたことない。とにかく通じねえんだよ、『キンセン』なんて言っても！」

私たちはもう二十年以上一緒に暮らしているのに、未《いま》だに「あなたがそんな人だと思わなかった！」と喧嘩《けんか》する新婚夫婦みたいな意見の不一致を見る。どちらにも歩み寄る意志がないものだから、ふだんは倦怠期《けんたいき》の夫婦なみにお互いの存在を無視してるのに、些末《さまつ》なところではいつまでも新婚なみにお互いへの理解が深まらない。あ、でも、結婚相手にこうまで性格の合わない人を選ぶことはないのか。いやはや、姉弟って情け容赦なく理不尽な間柄だ。

夜に帰ってきた弟は、寄った本屋に件《くだん》の雑誌はなかったと言った（いちおう探してくれたらしい）。

「いいか。おまえがノロノロしてるから、こういうことになるんだ。こうなったら明日、なにがなんでも町の本屋をまわって入手しろ。そして、発売日に雑誌を買いそびれるとどんなに大変なことになるか、よく学ぶんだ」

はい……。

私は翌日、三軒目の本屋で雑誌を手に入れた。ちぇっ、楽勝ですよ、こんなの。やっぱり雑誌を発売日に買う必要なんかないじゃないか。心中で弟に毒づきながら、さっそく部屋で黙読する（雑誌のインタビュー記事を音読する人もいるまいが）。

読んでみて、「この二人って……どうしてこう以心伝心なの？」と思う。十七年も一緒にバンドをやっていると、こんなふうになるんだろうか。こちとら二十年以上姉弟をやっていても、以心伝心からは三十万光年ぐらいかけ離れてるというのに。

これがやはり、自発的に選んだ関係か否《いな》かの違いか。と、納得することしきりであった。

侍医を呼んでおくれよ、フランソワーズ（↑執事の名前）

書いた物を出版していただけるということになると、校正刷を読まなければならない。

私はこれが非常に苦手だ。心身が絶好調だと、二万字に一回ぐらいは、「あら、私ったらこんなこと書いたんだ。天才じゃなかろうか」などとずーずーしくも思う。しかしたいていは、「ああう」とか「おおぉぉ（↑絶え入らんばかり）」とか呻《うめ》いては一人で赤面するという仕儀になる。だがいくら呻いていたって仕事は進まないので、仕方なく無の境地になって作業を進めようとする。

やはり書いているときは多少なりとも脳内麻薬物質が分泌《ぶんぴつ》されているから、「ガラスの仮面」をつけて登場人物になりきろうとなけなしの演技力を発揮するわけだが、書き終わった時点で仮面は砕けちゃっている。それで私は今度は月影先生になって、「マヤ、人形がまばたきしますか！」などなど、冷静に演技指導しなければならないのだ。

さらに、勢いに任せて書いてしまったため、漢字の不統一などがたくさんある。あるところでは「土産」だったのに、別の箇所では「みやげ」になっていたりする。意図的に漢字表記と平仮名表記を使い分けていることもあるので、「ええと、この単語は漢字で統一すべきかな」などなど、いちいちチェックしていかなければいけない。細かい作業の苦手な私にとっては非常な苦痛である。そんなこと言うなら、最初に書いた時点でちゃんと、予期せぬ不統一がないように気をつけておけばいいのだが、そういうことに神経を配れる人間なら、細かい作業が苦手、なわけはないのだ。

とにかく私は数日のあいだ、校正刷と辞書とをためつすがめつひっくり返し、パソコンに保存されている自分のテキストに検索をかけては赤ペンで文章を直す、という作業に没頭していた。そしてさすがに目が疲れてきたので、今日はもうこのぐらいにしといてやらあ、とベッドに入ったのであった。

そうしたらばガニ。いや、すいません、なんか言いたくなったんです。そうしたらば、ですよ。どうしたことか、ちっとも眠りが訪れないじゃありませんか。自慢じゃないが、私は寝ようと思えばいついかなる時でもいくらでも寝られる。睡眠に関しては、瞬発力、持久力ともにかなり優等生だと自負しているぐらいだ。

それなのに、その日にかぎって全然眠りが訪れない。おかしいなあ、どうしたんだろう、と自己の精神と肉体を点検してみた。すると、なんだかおなかが痛いような気がする（早く気づけよ）。うむ、たしかに腹が痛いぞ。と、思っているうちに腹（というか胃）はどんどんどんどん痛くなり、なんだかムカムカと吐き気もしてきた。

「ああ、こりゃいったいどうしたことじゃろう。いまは夜中の午前二時。近所の医者に駆けこんだらさすがに嫌な顔をされるだろうなあ」

と、堪《こら》え性《しょう》のない私はすでに病院に助けを求めることを考えている。たぶん世の中にあふれている様々な痛みのレベルから言ったらそれほど大事《おおごと》じゃないんだろうが、本人にとっては大事だ。ベッドの中で腹をおさえながら、ごろんごろんと寝返りをうってひたすら朝を待つ。

しかし、悪い物を食べたとか、盲腸とかにしては、吐きもしないし下痢にもならない。いっそ毒素を体外に出してしまえれば楽になれるかもしれないのになあ、と動きを見せない症状にため息をついた時点でまだ朝の五時だ。一睡もできないまま朝の五時！　睡眠を何よりも楽しみにしている私は猛然と怒りだした（一人で）。

「なんだってんだ、この胃痛は。寝られやしないじゃないか、コンコンチキめ！」

枕元《まくらもと》の時計をにらみながら、じりじりと朝を待った。

そしてようやく八時になる。一晩を戦い抜いた私は、もう起き上がるのもやっとという感じだ。部屋着のトレーナーはそのままに、下だけはジーンズに履き替えて、よろよろと引き出しから自分の保険証を取り出す。それを見ていた母親が、

「あら、あんたどうかしたの」

と呑気《のんき》に声をかけてくる。

「どうしたもこうしたも、私はもう死ぬよ（いつもおおげさ）。腹が痛いの」

「あらまあ。○○医院（歩いて一分）は今日はお休みよ」

「なにーっっ」

なんということだ。ふつう医者は木曜が休みなんじゃないのか。なんで火曜が休みなんだ、○○医院。こんなことなら我慢せずに、夜中に救急車を呼ぶべきだった。私はへなへなと床に横たわった。母親はそんな私を避けるようにして細々《こまごま》と家事をしている。冷たいよ。ブリザードの中ぶったおれて、もうこのまま雪にうずもれて死んじゃうよ。

「ど……どこか開いている医者はないの……ホントに冗談じゃなく腹が痛いんだよ、あたしゃ」

「そうねえ、××医院（歩いて十分）ならやってるわよ。でも九時からでしょ？　ま

だ八時よ？」

九時……そうだな、医者は九時からだったな。フッ、私としたことが待ちきれずに一時間も早く起き出してしまったようだ……。そんなところで寝ないでよ、掃除機かけられないでしょ、という無情な言葉を背に受けながらも、私は床に転がっていた。

そして待ちに待った八時半。最後の力を振り絞って起き上がる。

「なに、もう行くの？」

横の食卓でご飯を食べていた母親が声をかけてくる。

「行くさ！　先生をたたき起こしてでも診てもらうさ！」

「あたしが車の運転できたらいいんだけどねえ。ま、気をつけてね」

というわけで、私はすがすがしい朝の光の中を、歩いて十分の場所にある医者に行くために三十分前に出発した。

遅めに出勤する人々や学生の皆さんが歩く道を、髪はぼさぼさで顔面蒼白《そうはく》な女（汚いトレーナー着用）がふらふらと行く。眉毛《まゆげ》を描いておらず顔も洗ってないことには先《せん》から気づいていたが、もうそんなことはどうでもよかばい。私はずる、ずる、とひたすら歩を進めた。胃痛とこみ上げる吐き気のおかげで、全然前に進まない。なんとかかんとか丘を下り、通勤の人がバスを待つバス停のベンチに無理やり座らせてもらって一休みする。

「あらあなた、大丈夫？」

とバスを待っていたおばさんが声をかけてくれる。ああ、親切が身にしみる。もしかしてあなたがあたしの本当のお母さんなんじゃないですか……。

「いや、大丈夫です。すぐそこの医者まで行くだけですから」（バス停から××医院まではもう二百メートルぐらいなのだ）

なんだなんだ、とバス停で待っていた人たちの視線が集まってしまったので、恥ずかしくなって「じゃ」とか言って立ち上がる。あともう少しだ。頑張れ自分。

二倍の時間をかけて××医院に着くが、それでもまだ八時五十分だ。ああ、やはり早すぎたか。受付に保険証と大昔に使用した××医院の診察券を出す。先生、早く下りてきて（先生の自宅は診療所の二階）。ここに重病人がいますよ〜。でも無情にも、時間前に先生が下りてくる気配はなし。私は待合室のソファにだらりと腰かけて、ラマーズ法みたいに「ハ、ハ、フー」と呼吸する。

ようやく九時。開業だ。その時点でお客は後からやってきたおじさんと私の二人のみ。開業医って一日にどれぐらいの来院者があればやっていけるのかなあ、などとその時は考える余裕もなく、名前を呼ばれるのを待つ。ところが呼ばれない。だらだら冷や汗を流しながら待つ。九時十分になってようやく先生がスタンバイしたらしく、幻覚を見るほど渇望《かつぼう》していた「診察室」というものに入る私。

「はーい、どうしましたー」

もうおじいちゃんの先生は、のんびりと尋ねる。ああ、やっと私の病状について聞いてくれる人がいた。昨夜からの苦しみを述べる。

「というわけで、胃が痛くてたまらんのです」

「風邪がはやってるんだよねー。吐いたり下したりとかは？」

「それはないのです」

「熱は」

「それもないのです」

「ふーん……？」

先生はそこでちょっと首をかしげ、「じゃ、ちょっとそこに休んでみましょう」と言う。私は言われたとおり診察ベッドに横になる。トレーナーをまくって腹を出すと、先生がぐいー、ぐいー、と腹のあちこちを押す。

「ここは痛い？　ここは？」

「うーん、それほどでも……」

と言っていたのだが、先生が胃のあたりを押したとたんに、

「いでででっ」

と飛び上がる。「痛いッス。そこ痛いッス」

「ふむ。胃が痛いんだね」

ブチッ。だから胃が痛いってさっきから言ってるだろおおー！！！

頼むから人の話を聞いてくれ、と涙目で無言の抗議をするが、先生には通じない。

「それにしても、あんた変わった名前だねえ」

「はあ……花の名前なのです……（もうこれが遺言になりそうな勢い）」

「ああ、そうなの。私はまた、ほれ、なんだっけ。ほれ、ほれ」

「あー……シオンの丘ですか？（こういう会話はもう生まれてこのかた百回ぐらいはしている）」

「そうそう、それかと思ったよ」

名前なんかどうでもいいから、この哀れな子羊を救ってください、先生。先生はまた椅子《いす》に戻り、カルテになにやら書きこみはじめる。

「先生……それで私の腹はどうなっちゃったんでしょうか」

「んん？……わからん」

わからんって、そんな！

「でも下痢でも吐くわけでもないんでしょ。たぶん神経性のもんだよ。なんか気にかかることとかあった？」

「うーん、まあ細かい作業をしてて、『間に合うかなあ、やだなあ』とは思ってましたけど」

しかしそれしきのことで普通、神経性の胃炎になるか？　そんな軟弱な精神の持ち主だったのか、と落ちこむ。

「いや、こういうのは対症療法で薬を飲むしかないから、それで治らなかったらまた来て。風邪かもしれないし、神経からきてるのでも風邪だとしてもどっちでも効くような薬を出しとくから」

そんな都合のいい薬があるのかよ。と思いつつも、いちおう医者に診てもらったことで安心した私は、礼を言って××医院を出た。もう小麦粉でもなんでもいい。治ると念じてそれを飲んでやろうじゃないか。

ところが、××医院では処方箋《せん》を出すだけで、薬局まではまた歩かねばならないのだった。ふう。

よろよろと丘を上がり、家を出てから一時間後に帰宅する。

ごっそりもらった薬を見て、ようやく母親も私が本当に具合が悪いのだとわかってくれたらしい。布団《ふとん》にくるまった私の所に、りんごをむいて持ってきてくれた。しかし面白いほどに食欲がない。しかも、「うーん、原稿を直さねば……それにしてもなんて軟弱者なんだ私は……」などとぐるぐる考えていたせいか、夜になってボッと熱が出る。胃炎のうえに知恵熱とは情けないことこの上ない。

それから二日ぐらいは、たまに布団から手をのばしてりんごをシャリ、とかじるぐらいですごした。なんか、「お供え物をたまにこっそり食べる、ふてくされてしまったタタリ神さま」みたいだ。

そして、××医院の薬が効いたのか、復調の兆《きざ》しが見えたその日。私はちょっと期待して体重計に乗ったのであった。

「お母さん！　体重が変わってないよ！　これはいったいどうしたこと？」

「知らないわよ。お母さん、あんたの面倒見るのもうやだ」

りんごダイエットも効果なし、か。

仕事に支障をきたすかも、とほうぼうにご迷惑をおかけして大騒ぎしたわりには、原因もいまいち不明、結果も伴わず、な胃痛騒動だった。

エスパーに遭遇するより低い確率

「はい、これ」

と母が、寝てる私を叩《たた》き起こしてメモを差し出した。

「んぐぁ……なに、この電話番号」

母は私の布団《ふとん》の中から手だけのばし、受け取った紙切れに書かれた数字を眺める。母はなにやらウキウキした様子で言った。

「結婚相談所の電話番号よ。さっきセールスの電話がかかってきたの。かけてきたの
が感じのいいおばさんだったから、お母さん思わずいろいろ話しちゃった」

「えぇえー!?」

眠気もブッ飛ぶというものだ。「いろいろってなによ!」

「『○○結婚相談所でございますが、いまお嬢様にはつきあっているお相手はいらっ
しゃいますか?』って聞くから、『いません』って」

「なんで母ちゃんが勝手に『いません』って言うのさ」

「だっていないんでしょ？　じゃあ、お母さんはなんにも間違ったこと言ってないじゃないの。それで向こうが、『そうですよねえ、まだ結婚には早いとお考えでしょうけれど』と親身な感じで言うから、『だけどしょっちゅう、出会いがないってこぼしてるんですよ。でも出会いなんて、積極的に自分で見つけていくものでしょ？　あんな調子じゃあダメだと思うんですけどね』って、相談してみたわけよ」

まったくもって余計なお世話、かつ、結婚相談所の術中にはまっている話題のもっていきかたである。

「……それで？」

聞くのが怖いが、いちおう話の続きを促してみる。

「そうしたらおばさんが、すごく心のこもった口調で、『わたくしどものほうには、さまざまな条件に適する男性がたくさんご登録なさっているんですよ。ぜひともお嬢様のお相手探しのお手伝いをさせてください』と申し出たの」

「その『さまざまな条件』ってどんなものなの」

「おばさんは、『背の高さとか、学歴とか年収とか、いろいろご条件がおありでしょうけれど』と言ってたわね」

ケッ。私はもぞもぞと布団の奥深くにもぐりこむ。

「そんな、数字で簡単に表せるようなことが『ご条件』なら、だれだって苦労はしないわよ。私が唯一《ゆいいつ》数値化してほしいと思うのは、胸毛の密集度ぐらいだっつうの」

私がポイッと投げ捨てたメモを母は拾い、無理やり布団の中に入れてくる。

「あんたはそんな夢みたいなことばかり言って、外にも出ずにグータラして！　そのくせ『あ〜、いい人いないかなぁ』とか一丁前にほざくじゃないの！　いざというときのためにと思って番号を聞いたんだから、取っておきなさい」

「私の『いい人いないかなぁ』は、『そろそろ風呂《ふろ》に入るかなぁ』と同じぐらいの意味合いしかもたないんだってば。『うんうん、そろそろ風呂に入ったほうがいいかもね』と思いながら聞き流しておいてくれればいいからさ」

「聞き流していたら、あんたはホントにいつまでも風呂に入んないじゃないの」

なんだかちょっと論点がずれつつある気配だ。論旨を固定したまま、母と会話を交わせたためしがない。私は寝たふりをしながら、またポイッとメモを布団から排出した。

「じゃあ、このメモはお母さんが持っておくから」

と、母はため息まじりで私に向かって言った。「お母さんの手帳に挟んでおくからね。いい？　手帳のあいだよ。遠慮しなくていいんだからね」

遠慮なんてこれっぽっちもしていないやい！　本当にいらぬ世話だと言ってるんだい！　これで、結婚相談所業界に「あそこんちの娘は脈アリだ」という認識が広まり、じゃんじゃんセールスの電話がかかってくること間違いなし。まったくどうしてくれるんだ。

という鬱憤《うつぷん》を、深夜にバスケの試合をテレビで眺めている弟に対してぶちまけた（弟しか話し相手がいないのがまた不幸だ）。私はその横で、ここのところ連夜、たまりにたまったレシートを整理しては、確定申告のためにペタペタとノートに貼《は》っているのだ。

「だいたいその結婚相談所には、ヴィゴは登録されてるのかっつうのよ。ねえ？」

「『ヴィゴ』って言うなよ」

「じゃあなんて言えばいいのよ」

「なんにも言うな。ハリウッドの俳優を、あたかも自分の恋人のように呼ぶなんて、オタククさい」

「オタククさいとか、そういう問題じゃないでしょ！　ヴィゴはヴィゴでしょ。どう呼んだって『ヴィゴ』って名前の響きがちょっと妙ちくりんなんだから、そこを責められても私だって困るわよ」

「ブタさんさあ、そうやって『お熱を上げる』（↑むちゃくちゃ皮肉っぽい口調）の、何人目？」

「んまあ、惚《ほ》れっぽい人間であるかのように言ってくれるわね。こういう気持ちになったのは……そうねえ、ルトガー・ハウアー、シーマン（サッカー選手）に続いて、三人目ぐらいかしらね」

「いいんだけどさ。そんなの一人でも五人でもおんなじだけどさ」

弟はテレビに視線を据《す》えたまま、自分の分だけラーメンを作ってずるずる食べはじめる。「ところでこのあいだっから、なにやってんの、それ？」

「確定申告の書類を作成しておるのだよ」

「三日も四日もかかるようなもんなのか？　俺の最大の娯楽である深夜のテレビ鑑賞の邪魔なんだけど」

「あんたさあ、人のことオタクだオタクだっていうけど、自分だって相当のものだよ。毎晩バスケの試合を見て、毎晩ＮＢＡのホームページを覗《のぞ》いてはジェイソン・ウィリアムズのアシスト・ランキングに一喜一憂して、それをバスケオタクと言わずしてなんと言うつもりなの」

弟の英語力は自称中学生レベルなのだが（もちろん、「英語圏で暮らす中学生ぐらいのレベル」ではなく、「日本の中学生レベル」だ）、ＮＢＡのホームページだけは愛の力で解読できていると言い張る。彼の脳内では誤訳の嵐《あらし》が激しく吹き荒れていることだろうと推測する。

「俺は健全なるスポーツ好きさ」

「あっ、あっ、いまのパス見た？」

弟のたわ言など聞く耳持たぬ。「すごかったね。エスパーみたいに以心伝心だったよ！」

「エスパーとか言うな！」

即座にだめ出しされる。「それがオタクっぽいと言うんだ！」

「エスパーは普通に使う言葉でしょ。波動砲のごとき威力に満ちたパスだ！　のほうがよかった？」

「……なに？」

「波動砲」

「なんだよそれ！」

人のことをオタク云々《うんぬん》とあげつらう以前に、こいつには基礎的教養ってものが欠落してるんだ。我が使命を見いだしたり。「『宇宙戦艦ヤマト』のね……」と勢いづいて説明しようとした私を、弟は「いい、いい」と手を振ってさえぎった。私たちのあいだにしばらく沈黙が落ちる。

「じゃあさ」

と私は言った。「あなたのおっしゃる、オタクくさくない会話というのがどんなものなのか、教えていただこうじゃない。さぞかしウィットに富んだ血湧《わ》き肉躍る話題運びになるんでござんしょうねえ」

「余計な修飾をつけるから悪い方向へ話がいくんだ。『いまのパスすごかったな』でいいんだよ」

「クソ面白くもない。それじゃあ会話が、『ああ』で終わっちゃうでしょ。『エスパーみたい、で思い出したんだけどさ。俺の友だちの兄貴が、どうもエスパーらしいんだよ』とかいう驚きの事実発覚に至る糸口がないじゃない」

「念のため教えておいてやるが、友だちの兄貴がエスパーである確率など万に一つもない。そんなことに気を回す時点で、オタクのレッテルを貼られても仕方ないのだということに気づけ」

今夜も彼とは決裂だ。

「ブタさんさあ、頼むからその結婚相談所に登録してくれよ。おまえがどんな男を連れてくるのか、俺はすごく見たいよ。究極の怖いもの見たさっていうの?」

それでもまだ、私が男を連れてくることができると思ってるところが、弟の夢見がちな部分というか、世間知らずな部分というか、なんともかわいいやつである。

恋のお手本

いま、テレビ東京で「寅《とら》さん全作放映」をやっている。なぜいまなのかよくわからないけれど、テレビ東京の伝説（他局に追随《ついずい》しない〔したくてもできない?〕番組編成）に新たな一ページを書き加える偉業であることには間違いない。それで、見るともなしに見ていて気がついたのだが、私、寅さんで声出して笑うようになっちゃった!

いや、「なっちゃった」ということはないのだが。寅さんがおもしろいのは確かなんだが。しかし、声を出して笑っていいものだろうか。観察に基づく独自の統計結果に、「人は年齢を重ねるにつれて笑いのハードルが低くなる」というのがあるのだが、少なくとも私、高校生のころは寅さんを見てもくすりとも笑わなかったわ。ああ、加齢の証《あかし》。

でも、寅さんがあの口調で、「俺から恋を取ったらなにが残るというんだい。飯食って屁《へ》こいて寝るの繰り返し。ただの造糞《ぞうふん》機械ですよ」と、しみじみ言ったりすると、おかしみとともに、なんかこうキューンとこみあげるものがあるんだなあ。おばちゃーん、番茶おかわり！

それでもまだ、寅さんを見て「ああ、恋をしたいわ！」と思うほどには悟りの境地に至っていない。私の恋愛スイッチを押すもの。それは、くらもちふさこの漫画だ。このたび、『α《アルファ》』（集英社・上下巻）が発行されたが、読んだら無性に恋をしたくなった。カチカチカチカチ。スイッチを押しても押しても不発の我が心だけれど、士気だけは無駄に高まってくる感じがする。

四人の男女（職業・俳優）の恋模様を描く連作短編集なのだが、単行本の構成が凝っていて、彼らが演じる物語の世界と、彼らの現実の暮らしとが交互に収録されている。こんなドラマをテレビでやっていたら、絶対に見るともさ！

なんといっても、若手実力派俳優・天水キリがかっこいい。かなり意地悪で辛辣《しんらつ》なんだけど、実は人の心の機微に聡《さと》くて顔のいい男。ものすごくうっとりだ。主人公の三神妃子ちゃん（十八歳）と一緒になって、彼の言動に一喜一憂してしまった。

マーガレット系少女漫画が生み出したヒーロー像の一つの典型として、この「意地悪で（中略）顔のいい男」の系譜があると思うのだが、これは「ぜひこういう人とつきあいたい!」度がすごく高い。反対に、「かっこいいのかもしれないけど、べつにつきあいたいとは思わないや」度が高いのが、白泉社系の少女漫画のヒーローだ。なんでだろう、と考えてみて思い当たったのだが、たぶん白泉社のヒーローは自己完結する傾向にあるからだろう。

『ガラスの仮面』の速水《はやみ》真澄氏を見てください。相手の気持ちにちっとも気づかず、一人で勝手にグルグルと悩んでいます。樹《いつき》なつみが描くヒーローも、成田美名子《みなこ》が描くヒーローも、いざとなると自分のことで手一杯な感が……。そこがいいのだけれど。

結局、私が一番熱心に読んでいたころ(九十年代半ばまで)の白泉社の少女漫画って、「恋愛」にあまり重きをおいていなかったんではないかと思えてならない。なにしろ「成長する俺」「悩む俺」が主要なテーマだから、恋愛物に必要不可欠な「心を開く俺」が見あたらない。心を開く前に、俺にはいろいろ克服しなきゃならない課題があるのだ。恋にうつつを抜かしてる場合じゃない、とピシャリと扉を閉められちゃう感じ。

それに比べると、くらもちふさこや多田かおるが描いてきたのは、もう少し身近な世界の話で(少なくとも、いきなり大会社とか大富豪とかは出てこなくて)、「素直な心で恋をしようよ!」「オープン・マインド!」というメッセージにあふれている。

傷ついたっていいじゃない、ぶつかっていこう。この前向きさは白泉社の漫画にはない。

考えれば考えるほど、出版社による毛色の違いが明らかになってきて、はたしてこれらを全部「少女漫画」とひとくくりにしていいものなのかしら、と疑問の念がわいてくる。だいたい白泉社の少女漫画に厳密な意味での恋愛物ってあったか？　うーん、うーん。あ、なかじ有紀。

なかじ有紀の漫画は、いつも恋愛が主要なテーマだ（どこかずれてるとしか思えない恋愛ぶりだが）。いま連載している『ビーナスは片想い《かたおも》』なんて、最初はやはり（？）ホモテイストをガツンと正面に据えてるようだったのに、だんだん軌道がぶれていって、もはや何をしたかったのかよくわからない。ヒーローは初めは男の親友に恋してたのに、いまでは主人公の女の子とバカップルに成り下がり、しょっちゅう公共の場でキスをしている。親友に恋をするエピソードは、なんのためにあったんだ！　そんなら最初っからおとなしく主人公の女の子と恋してればいいじゃろが！　と、あまりのトンチンカン具合に怒りが炸裂《さくれつ》。

さすがに『ビーナスは片想い』を読んでると、胃が凍りつきそうになる。それでも、長年愛読してきたなかじ有紀を、これからも見守り続ける決意はできている。もちろん、単行本も全部持ってる。くらもちふさこ『海の天辺《てっぺん》』（日本全国の女子を熱狂させた先生と生徒の恋物語）は手元にないのに、なかじ有紀の漫画は全部……。

やはり、主に白泉社の少女漫画を読んできたという時点で、「恋愛の教科書選び」を初手から間違えてしまったことになるのだろうか。

『α』を読んで、我が身の来《こ》し方行く末についていろいろ思いを馳《は》せてしまった。それにしても気になるのが、帯に「7年ぶりの新作」と銘打たれてることで、え？ 七年ぶり？ どういう計算だ、こりゃ。『天然コケッコー』の第一巻が発売されたのが一九九五年で、最終巻が発売されたのが二〇〇一年。なるほど、『天然コケッコー』の第一巻から数えると、たしかに七年ぶりぐらいだ。作品単位で考えたら決して間違いじゃないけれど、しかしこの帯だと、くらもち先生が七年間仕事をしていなかったみたいじゃないか！ ずっと連載を続けていたのに！ などと、なんだか義憤を覚えてしまったのであった。

今週は他にも、「テレビドラマ化に最適だよ、これ！」と思う漫画が発売された。二ノ宮知子《ともこ》『のだめカンタービレ　第五巻』（講談社）だ。野田恵（通称・のだめ）の楽しい音大ライフ。なんて言葉じゃ表現しきれないほど、音楽への熱意と笑いのパワーがつまった快作。実は天才的な音楽センスを持つのだめなんだけど、とにかく常軌を逸した行動を次々に繰り出すので、みんなはあんまり彼女のすごさに気づいていない。これまた天才の千秋真一は、最強のボケキャラのだめに振り回され、哀れにも日々やつれゆく……。

さまざまな漫画がドラマ化される昨今だが、この作品ほどふさわしいと思えるものを他に知らない。個性的な登場人物、山あり谷ありでテンポのいい物語展開、音楽にかける青春。出演者が楽器を扱えなきゃならなくて、さらにオーケストラを編成する必要があるのがやや大変そうだが、なんとかガッツで乗り越えてほしい。しかしドラマ化の暁には、神経質で完璧《かんぺき》主義者だけれど人のいいところがある千秋真一役に、稲垣吾郎《ごろう》がキャスティングされてしまいそうで、すごくいやだ……。かといって咄嗟《とっさ》には代替案が浮かばない。うおお、どうしたらいいのだ！

やっぱりドラマ化するのはちょっと待って！　千秋役にだれがふさわしいかを、私、脳細胞をフル活動させて考えますから！

補注　『のだめカンタービレ』は二〇〇六年にフジテレビ系でドラマ化。すごく丁寧に作られた楽しいドラマだった。千秋先輩役は玉木宏。なるほど！　この配役に関しては、よかった！　の思いでいっぱいだ。

世界の崩壊と再生

友人H、ナッキー、ぜんちゃんと大阪に行った。友人Tちゃんの結婚式に出席するためだ。

結婚式は某ホテルで盛大におこなわれた。華やかな席になおも花を添えるため、Hとナッキーと私は振り袖《そで》を着た。しかし実のところ、Hとナッキーは既婚者である。

「せっかくの振り袖も、成人式と今日着ただけで、箪笥《たんす》に眠ってしまうのかしら」と彼女たちは嘆いていた。嘆いてから、私をなまあたたかい眼差《まなざ》しで見るので、

「いくつになっても振り袖を着ればいいじゃない。黒柳徹子はいまでも振り袖着てるし」

と言っておいた。振り袖着用の是否をあえて「年齢」という問題からのみ論じ、「既婚・未婚」という観点を曖昧《あいまい》にしたのは、我ながら天晴《あっぱ》れであったと思う。

名実ともに振り袖にふさわしい私は、披露宴会場で貪欲《どんよく》にラブ・ハントしなければ

いけない立場だ。そして会場には、京大出身だという新郎の学生時代の友人がわんさかあふれていた（はずである）。しかし、お姫さまのように美しい新婦のTちゃんに見とれ、おいしい料理をパクついているうちに、ラブ・ハントの機会を逃してしまったのだ。ダメじゃん！　気合いは充分だったのに！

思うに、振り袖を着たのが敗因だ。振り袖は腹を締められて大変苦しい。そして人間、苦しければ苦しいほど、目の前に出された料理をたいらげようという闘志がわきあがってくる。私たちは猛然と食べた。イメージ的には「砂が全然下に落ちない砂時計」みたいな気分で、それでも食べた。

「なにか大きな野望を抱いて、この結婚式に臨んだような気がするんだが、なんだったかしら」

ふとそんな思いが脳裏をよぎりもしたが、大事なのは目先の食欲だ。

気がついたときには、私たちはホテルの部屋で半日ぶりに振り袖を脱ぎ捨て、「いやあ、拷問《ごうもん》じゃった」とベッドにのびていた。もちろん、帯を解くときにはお互いに、「あ〜れ〜、ご無体な〜」と、悪代官と町娘ごっこをしてクルクルまわった。まわってから、やや自己嫌悪《けんお》に陥る。

「こんなことではさあ、私ほんとに、永遠に振り袖を着ることに決定だよ」

食べてる場合じゃなかったのに……。

しかし私の意気消沈も長くは続かなかった。帯の締めつけがなくなったとたん、摂取した食物がこなれ、なんだかまた小腹が空《す》いてきたのだ。

「夜の町に繰り出そうよ！」

同室のエセ振り袖人Hも、ネオンに誘われすっかりその気である。私たちはホテルからふらふら出て、洋服の素晴らしさをたたえながら終夜営業のコジャレたバーに行った。そこで酒もそっちのけで、スパゲティーやピザやソーセージをガツガツ食べたのは言うまでもない。真夜中なのに……。この欠食児童みたいな食欲がなくならないかぎり、私の狩り能力は目覚めのときを迎えなさそうだ。

ようやく腹が落ち着いてホテルに戻り、それでおとなしく寝ればいいのに、なぜか明け方までおしゃべり大会。これが修学旅行だと、「好きな男子」の話題が出るはずだが、私たちはもう大人だからそんな話はしない。ひたすら、アニメ『北斗の拳《けん》』の主題歌の歌詞を思い出すことに時間は費やされた。

「そうそう、そこで『回転数が間違ってるのか？』というぐらい、突然キーが上がって……」

と、歌いながら記憶を掘り起こしていく。なんのために掘り起こしてるのかは、もはやだれも説明できない。意味不明なハイテンション。なぜか「政治的に正しいやおいシーン」についてまで論じ合い（「どこへ行ってもオタク」自由律俳句）、倒れるように眠りについたのだった。

翌日、用事のあるナッキーはすでにホテルを発《た》ったらしい。いつまでたっても寝てるHと私の部屋に、ぜんちゃんがやってきた。

「ほらほら、チェックアウトの時間が」

ぜんちゃんは、マイペースな私たちがノロノロと荷造りするのを監視する。

「今日は大阪見物をしてから帰ろう。どこを見たい？」

「はいはーい！」

と私は挙手する。「心斎橋と通天閣が見たいでっす！」

しょっちゅう大阪出張をしているぜんちゃんとHは、「なんでそんな……」と思っただろうが、快く案内を引き受けてくれた。私は二人の後をついて、大阪の町を歩く。

「このアーケードを抜けると心斎橋だよ」

おお、ついにあの有名な心斎橋を肉眼で見られるのか！　私は早足になった。み、見えた！　グリコの大看板。

「ここがあの、タイガースファンが次々に身を投じたという心斎橋か！」

私は感動に震えつつ、心斎橋を制覇（？）した記念にグリコと同じポーズで写真を撮ってもらった。それから少し落ち着いて、あたりを見回す。ふむふむ、想像していたよりも小さな橋なのだな（私の中ではすでに勝鬨橋《かちどきばし》ぐらいの大きさに膨れ上がっていたのだ）。しかし活気といい、地元の人々に愛されてる感といい、大変素敵だ。期待以上の橋ぶりに「うむうむ」と満足していたのだが、そのとき驚愕《きょうがく》の事実に気がついてしまった。

「ちょっと、H、ぜんちゃん！　通天閣がないよ！」

「はぁ？」

お昼はどこで食べるのがいいかな、と相談していたHとぜんちゃんが、私の剣幕に「なにごとか」と振り返った。私は動転のあまり「※■◇●♡♠●！」と言葉にならない言葉をまくしたてた。

「どうどう、落ち着いて。どうしたのかな？」

幼稚園児に対するように、ぜんちゃんが優しく問う。私は深呼吸をしてから、再度言った。

「通天閣が、どこにもないの！」

Hは神妙に述べた。

「あのね、通天閣はここになくて当然なんだよ。もっと南にあるの」

「ええー！」

私はもう驚愕しすぎて掠《かす》れた声しか出なかった。「通天閣って道頓堀《どうとんぼり》沿いにあるんじゃなかったの！　私の脳内では『心斎橋から、道頓堀をまたぐようにしてそびえる通天閣を眺める』っていう映像が出来上がっていたのに！」

物心ついてから二十年ぐらいそう信じてきたのに、「この世に神も仏もあるものか！」という気分である。NHKがさかんに、テレビ五十周年を祝って映像の力をたたえていたが、本当に腹立たしいかぎりだ。私は何度も心斎橋からの中継映像を目にしたが、そこには通天閣も映っていたぞ（「映ってないってば」と、ぜんちゃんとHは言った）。

「ちゃんと通天閣にも連れていってあげるから」

二人になだめられ、私も歪曲《わいきょく》された脳内映像を修正することに応じた。くいだおれ人形の前でもぬかりなく記念撮影し、おいしいお好み焼きを食べ、電車に乗って通天閣へ。

「新世界！　まさに『王将』！」

串揚《くしあ》げ屋と一杯呑《の》み屋が並ぶ町。将棋の対局をすずなりで眺めるおっちゃんたちの姿に、私の魂はうっかりするとフワフワと口から飛び出そうになった。

「それにしても、ご飯時でもないのにどの店も繁盛《はんじよう》してるねえ」

「うん、それは私も常に不思議だった」

と、Hもうなずいた。「いつ、どんな時間帯に来ても、人々は串揚げを食べ、一杯ひっかけてるのよ」

「この立ち飲みスタイルの店は、我が町にもぜひ欲しいわ」

私が妬《ねた》ましい思いでいっぱいになっていると、Hが「ほらほら、この角を曲がると……」と思わせぶりににやにやした。

「じゃーん、通天閣です！」（←大阪人じゃないのに自慢げ）

「おお！」

私は文字どおりわなわな震えた。「しゃしゃしゃ、写真撮って！」

曇天《どんてん》の下、銀色に輝く通天閣。それは町並みに合っていて、いままで見たどの塔よりも誇りと愛嬌《あいきよう》に満ちていた。

「上らなくていいの？」

と言うぜんちゃんとHに、私は首を振った。

「今日はじめて通天閣を見た私ごときが、上っていいものではないさ」

「そういうもんかね」

「ああ、そうさ。その昔、花魁《おいらん》と仲良くするにも三回通わねばならなかったという……。一回目はお互いに顔見せ程度にとどめる。それが節度あるつきあいってもんよ」

通天閣の神々《こうごう》しさに打たれて、珍妙なことを口走る。しかしHはこの説明に、「なるほど」とあっさりと納得し、「それなら今日のところは、釣鐘まんじゅうを買うといいよ。名物だから」とアドバイスしてくれた。

私は指示に従ってまんじゅうを購入し、再会を約して通天閣とおさらばした。

その後、大阪一オシャレな界隈《かいわい》を散策したのだが、その間《あいだ》も私は、気を抜くと「つうて……いやいや。ぎんいろにかがや……いやいや」と、通天閣を賛美する言葉をほとばしらせてしまう。「よっぽど気に入ったんだね」とぜんちゃんとHは笑った。

うん、気に入ったんだ。夢の中でも「新幹線！」と叫ぶ五歳男子のように、大阪から帰っても「新世界を抜けて通天閣へ」の町並みを夢に見ちゃうほどだ。

心斎橋と通天閣が離れていてよかった、とつくづく思うのである。あんな感激ポイントが二つ近接してあったら、私の心の針は振り切れていたところだ。東京タワーと京都タワーは上ったことがあるので、次の狙《ねら》いは通天閣に定まった。あそこから大阪の町を一望する日が楽しみだ。

あとがき

この「あとがき」ってのが、くせものだ。なにを書いたらいいのか、皆目《かいもく》わからん。だいたい、三十時間働いて三時間眠る、という日々を、ここ一週間ほど送っている人間に、素敵な話題があるわけがない。この英雄的な勤労状況。だれかがそろそろ、私のことを「ナポレオン」と呼びはじめてもいいころだ。

イタタタ。良心が投石してきやがった。すみません、慎んで前言撤回します。冬のロシアにまで野心まんまんで出かけていったナポレオンと私とでは、根っこの部分が全然違いました。私はただ単に、「ゴロゴロしていたいな～」と思ってそれを実践していたら、いつのまにか今の状況に追いつめられていた、というだけのことでした。

私は初詣《はつもうで》では毎年、「コツコツと努力できる人間にしてください」とお祈りする。あと八十回ぐらい初詣に行けば、さすがに願いがかなうんじゃないかと期待している。

日常の中で起こる小さな出来事は、放っておいたらどんどん忘れていってしまう。

友だちとなにについて笑い合ったかとか、読んだ本の内容とか、なんの変哲もないある日の食卓でのぼった話題についてだとか。そういう記憶は、時間とともに徐々に薄れていってしまう。もちろん、いつまでも鮮烈に覚えているにおいや、情景の断片はあるだろう。だが、すべてを明確に覚えておくことはできない。

だから、自分で書いたエッセイを読みかえすと、いつも不思議な気分になる。もうとっくに忘れてしまっていたような些細《ささい》なことが、ものすごくなまなましく、文字として残っているからだ。なんだか、自分ではない人間の日常を、垣間見《かいまみ》ているような気分にさえなってくる。

現在の自分との微妙な距離感。いま自分に残っている記憶との、微妙な齟齬《そご》。そこで、「これはきっと、私が書いたものではないんだ」と必死に己れに言い聞かせようとするのだが……、ああ、よく読んでみると、やっぱりどれも身に覚えのあることばっかり！　この本に書かれたことは正真正銘、私の生活なのだった。呑気《のんき》にバンドの追っかけをしたり、放っておけばいつまでも漫画を読み続けたり、そんな日々を自分が送っているだなんて……！　ガクリ。

記憶は消え去るから美しいのであって、記録することは罪である。

あまりにアホなことばかりエッセイに書いてるからか、友人からたまに、「あんた、どんな顔してこういう文章書いてんの」と聞かれる。こんな顔です。こんな顔というのはつまり、岩をも砕きそうな、鬼のごとく真剣な表情のことです。もう一心不乱に、笑みのかけらも浮かべずに書いている。

だから、ごくごくたまに読者の方から「おもしろかった」と言っていただけると、ものすごく嬉《うれ》しい。「聞いた？　おもしろいって言ってくださる方がいらっしゃったのよ！」と、部屋の中でセバスチャンと、喜びを嚙《か》みしめながらひとしきりダンスする。セバスチャンってだれだろ。

ところで弟が先ほど、「カビを食っちまった」と、ぼやいていた。

「冷蔵庫に入ってた菓子パンを食ったら、表面にカビが生えてたんだよ。あれはいったい、いつから冷蔵庫に保存されてたパンなんだ……」

選挙に関するテレビ番組を見ながら、「マニフェストってどこに置いてあるの！私はもらってない！」と文句を言っていた私は、腹立ちまぎれに弟に向き直った。

「がっついて食べるから、そういうことになるんでしょ。表面にカビが生えてるのに、なんで気づかなかったのよ」

「俺はパンの下のほうから食ってたんだ。カビは上っかわにあった」

「粉砂糖じゃないの？」

「そんなもんじゃない。もっと立体的に、もさもさと……」

「あぁー、わかった！　ナウシカが培養してるみたいなカビでしょ！　それならさっき、ブドウにも生えてた！」

「そういう喩《たと》え方はやめろと言っている！」

また怒られてしまった。なんだよ、カビを食ったぐらいでかりかりすんない。

退屈な日常が、夢のような幸福になることを願って、ペンをおきます。と書くとかっこいいのだが、実際は、「キーボードを打ち止めます」なのであった。

それとも、「ペンをおきます」というのは、たとえ使用してるのがパソコンだとしても、慣用表現として使っていい言い回しなのだろうか。下駄《げた》を履いてる人なんかいないのに、小学校の昇降口に置かれたものが「下駄箱」だったように。

ああ、きりがないわ。お名残《なごり》惜しいが、これにて御免！

三浦しをん

二〇〇三年十一月

文庫版あとがき

もう、なにを書いたか覚えていないのである。単行本版のあとがきに、「記憶と記録」について書いたが、せっかく記録しても、読み返さなければ忘れるのである。今回、文庫用の校正刷を読み返してみたら、あまりにもアホなことしか記録されていなかったので、「アホか、こいつ……！」と思った。「こいつ」ってつまり、俺のことなのだがな。

単行本発行の際にお世話になったみなさまに、改めて御礼申し上げます。文庫化にあたって、林望さんが解説を、松苗あけみさんがカバー絵を、書（描）いてくださいました。ひゃっほー。快くお引き受けくださったお二人に、深く感謝しております。

さて、「記憶と記録」の話のつづき。私はネット上で、一年ほど日記を書いている。しかし、ほとんど読み返さない。だから、なにがあったか忘れてしまう。「日記を書く」という行為自体を忘れることも、しばしばだ。

いったい記録とは、なんのために為《な》されるのだろうと思う。ずっと未来に、人類の死に絶えた地球に宇宙人がやってくるとする。どういう塩梅《あんばい》でか、ネット上の記録だけは残ってるとする。廃墟《はいきょ》となった家屋からも、日記帳がいっぱい掘りだされるとする。それを解読する宇宙人は、さぞかし困惑するであろうなあ、と想像する。秘密の個人生活だけが、文字となってたくさん残っているのだから。

いや、もしかしたら、地球にまでやってきて、文字も解読するほどの宇宙人だから、彼らの故郷の星でも「日記」の風習はあるかもしれない。「この星でも、なにものかがせっせと記録に励んでいたのだな」と、宇宙人は死に絶えた未知の生命体に思いを馳《は》せ、少し涙するかもしれない。

そう考えると、記録とは記憶の遺跡のようなものか、と思えてくる。往時の輝きを少しだけ残し、壁面には解読困難な文字が刻みこまれている遺跡。そこで繰り広げられた喜びや哀《かな》しみの実態に触れることはできないが、実態を想像するよすがにはなる、苔《こけ》むした建造物。

そういうさびれた感じが、私は嫌いではない。多くのひとが、嫌いではないのだろう。だから、さまざまな形で「記録する」という行為はつづけられているのだ。

宇宙人が、「なんじゃこりゃー！」と頭を抱えてしまいそうな記録、どうでもいいことばかり異様に細かく書いてある記録を、これからもちょっとずつ記そうと思う。

「どうでもいいこと」のなかから、私の喜びや哀しみは生じてくるのだと、信じるからである。哀しみというのはたとえば、「ものすごく腹が減っているのに、家にミカンしかない。ミカンを食べ過ぎたせいで、手が黄色くなってきた」というようなことだ。ぐうぅ。腹の虫がうるさい。

二〇〇七年十二月

三浦しをん

三浦しをん氏の恐るべき実像
――解説に代えて

林 望

直木賞作家、なんていうと、そうさなあ、ちょっと郊外の木立に囲まれた邸《やしき》に住み、その書斎の窓からは、よく手入れされた庭が見えている……そんなイメージがまず思い浮かぶなあ。

そこに、ゆったりとしたマホガニーのデスクを置いて、ときどき執筆に疲れた目を豊かな庭の緑に遊ばせながら、またふと思いついたように筆を走らせる。背後の書棚にはぎっしりと文学書が並び、金側の置き時計が静かに時を刻んでいる。

身には上等な大島の紬《つむぎ》を着て、……うーーん、着流しの足首のあたりに、ちょっとだけラクダの股引《ももひき》なんかが見えてたりして、……と、どこかでルルルと電話の音が鳴り、しばらくあって、銀髪の上品な夫人がひそやかに書斎のドアをノックして入ってくる。

「あなた、新潮社のWさんから、お電話ですわ」

「なんだ、W君か。用件はなにかね」

「今月の『新潮』のお原稿の進捗《しんちょく》具合はどうかということですけど」

これを聞くと、俄《にわか》に眉《まゆ》を曇らせて、

「原稿、そう機械のようにサラサラ書けるもんでもあるまいし、もうしばらく待てと言っておきなさい」

それから、着流しの首にマフラーを捲《ま》いて、愛用の桐《きり》の下駄をつっかけ、つい二町ほど離れたところにある川岸の道へ散策に出掛ける。

そうして、枯れ枯れとした川原を眺めやりながら、静かに紫煙をくゆらせる。

とまあ、そういうイメージがありましょう？

しかし、わが三浦しをんさんは、どうやらこういう旧弊な直木賞作家のイメージとは全然対岸のところに立っているらしい。

まず三浦さんは、若くて魅力的な女性である。股引のラクダを裾《すそ》に覗《のぞ》かせて大島の着流しで歩いたりはしない（が、着たきりスズメのトレーナーで首にタオルを巻いて出歩いたりはするらしい。ウーム……）。

どうやら、この本を読むと、彼女の私生活のありさまが隠すところもなく明らかに分かるのだけれど、桐の下駄を履いて川岸を散策するのではなくて、無鉄砲に映画を見てあるく人であるらしい。

それも『ピンポン』とか、『GONIN』とか、『シックス・センス』とか『サイン』とかいうような作品を、片端から見倒すらしい。うーむ、ピンポン、ねえ。知らないぞ。GONIN、知らん。どれもこれも知らない映画ばかりだ。

このうち、『ピンポン』というのはもともと漫画を原作とする作品であるらしく、三浦さんは映画ファンというよりは、漫画オタクというのに近いために、どうしても漫画由来の映画はいちおう探りを入れておくと見える。

それから『G・I・ジェーン』なんてのも見るらしい。これも私は一向に知らない映画で（いや、なにしろ映画にはあまり興味がないので、知らないのも当たり前、これは私がむしろ無知を恥じるべきかもしれないなあ）しかもまた、この映画の「あまりのヘタレぶりに気力を吸い取られてウツロになってしまった」ので、さらに気を取り直して『クリムゾン・タイド』というのも見たそうである。

さらに、彼女は『ロード・オブ・ザ・リング』を観《み》て感動したりするのだが、そこにアラゴルンという不潔っぽい役柄で出ているヴィゴ・モーテンセンという俳優に「ハートをノックアウト」されている由である。なので、そのヴィゴ氏が出ているという、それだけの単純なる理由でこれらの『G・I・ジェーン』やら『クリムゾン・タイド』やらを観たというわけである。

だけれど、そもそも私はこのヴィゴ某なる人を知らないので、彼女の興奮やら憤激やらの、その実体が、かならずしも了解できたとは思えないので……、うーむ、どんなオッサンなのであろうか。

じゃあ、それらの章は読んでてつまらなかったかと言われると、いやいや決してそうでない。

これらのヘタレなる映画に、つっこみを入れる三浦しをんさんの、その率直さに、まず私は拍手喝采してしまうのである。たとえば、こんな調子だ。

——とにかくロシアがいつ原爆を使ってもおかしくない状況になり、核ミサイルを積んだ潜水艦アラバマ号が発進。世界は緊張状態に置かれる。核ミサイルで先制攻撃するのかしないのか、深海で指示を待つアラバマ号。アラバマ号の艦長はジーン・ハックマン。何十年も潜水艦に乗ってきた頑固な軍人だ。その副長として、今回の航海からデンゼル・ワシントンが乗っている。デンゼル・ワシントンはハーバード大を出た優秀でスマートな軍人。という設定だ。

もう見るからにソリが合わなそうな二人。ジーン・ハックマンにそれまで仕えていた副長は、盲腸で入院中のため、デンゼル君が起用されたのだが、画面の外では私が「明らかに相性率十四パーセントぐらいの人を、どうして副長に採用しちゃうんだよ!」とツッコミを入れている。

とまあこんなふうに、映画の筋の進展に添って、まるで漫才のツッコミとボケよろしく、画面にむかって怒り叫んでいる三浦しをん。わかるよなあ。いや、じつは私も、テレビのヘタレなるドラマなど見る折々には、おなじようにツッコミ倒しながら、それでもチャンネルを切り替えることなく見てしまったりするのだから、不思議である。で、その肝心のヴィゴ氏は、この映画のなかでは、ミサイルの発射係に扮《ふん》しているのだそうで、艦長と副長の間に板挟みになって「苦悩するヴィゴ氏を見られただけで、この映画は私にとって満点だ」とあり、さらにさらに、「この映画の最大の見どころは、なんといっても『アイロンをかけるヴィゴ氏』だ」そうである。

どんな映画にも必ず良いところがあるといって、どこかを褒めることを是とした淀《よど》川長治《がわながはる》先生も、あの世でさぞ感涙に咽《むせ》んでおられることであろう。

それから、また作家自身のイメージを、あまりにも生々しく描写するところが、この作品にはあって、これこそ、ヴィゴ氏のアイロンよりも更に「最大の読みどころ」だと言わねばなるまい。

それは、三浦さんが、水着を買いに行くという顚末《てんまつ》のところで、（この作品が書かれたのは2002年だそうであるが、その年はタンキニという型の水着が流行していたという）、昔大正のご婦人たちが江の島で海水浴したときの水泳着のようなのを試着しようとして服を脱いだところ、同行したGという友達が、彼女の腹の辺りを見てプッと笑ったというのである。にもめげずに「気力を奮い立たせて、まずは大正水着を着てみた」とある。そうして鏡の前で凍りつきながら、彼女は述懐する。

「ねえ、G。私はこれまで、こんなに醜いものを見たことないよ」

いやいや、それだけではない。そのあと、流行のタンキニ（タンクトップ付きビキニということらしい）を試着するところでは、そのビキニの下から下着がはみ出ていて、「変質者のごとき情けない姿が鏡に映し出され」ていたという。ああ、なんという率直にして見事なる描写であろうか。

リアリズムというのは、すでに文学の世界では流行遅れなのかと思ったら、こういうところにまだ命脈を保っていたのであった。つまり、彼女は、でっかいグンゼのパンツを穿《は》いて腹部腰部を保温しつつ、執筆に励んでいるらしいのだ。なるほど、それはラクダの股引のイメージと少しだけ重なるかもしれない。で、そのグンゼのパンツをば、ビキニの下に押し込んだ……と、なおもリアリズムのお手本のような描写は延々と続くのだが、それは読者各自のお楽しみとしておかなくてはなるまい。

これら、漫画や映画や、飲食の欲望に身を任せるところや、あるいは個性溢《あふ》れる畸《き》人《じん》揃いの友達やら、いろいろに読み所が多いのであるが、同時に、その家族の風景がまた、じつに面白い。

三浦さんには弟が一人いるのだが、この弟君はごくふつうの青年である。それで、姉である三浦さんを「ブタさん」と失礼千万なる呼び名で呼ぶらしい。

この弟君と姉の三浦さんとのやりとりは、まるで良くできた漫才のようだ。

思うに、彼女は直木賞作家ではあるけれど、漫才の台本などを書いたとしてもきっと大をなして、芸術選奨大衆芸能部門新人賞くらい楽に取れそうに思われる。

それはともかく、この弟君が彼女をブタさんと呼び、また水着のワキから理不尽なお肉が溢れでているとしても、じつは私は三浦さんの実像をちゃんと知っているので、これがあくまでも戯画化された「文学的自画像」であることを報告しておかなくてはならない。

作者の実像を、文学作品の鑑賞に直接に反映させるのは邪道であることは百も承知ながら、実物の三浦さんが、ほんとうは大変に魅力的な女性で、温雅なお人柄の、しかも文学的叡知《えいち》に満ちた方であることを勘案して読むときには、この本はますます愉快に味わい得るであろう。

彼女がいろいろなところで「ツッコミ」を入れる。そのツッコミは、いつも正鵠《せいこく》を射たものであって、外したことは決して言わない。そこで私は、彼女と声を揃えてツッコミを入れている自分に気付くのである。

しこうしてそれは、本書を読まれる多くの読者がたにも共通の思いではなかろうかと信じるのである。

（二〇〇七年十二月、作家）

この作品は二〇〇三年十二月大和書房より刊行された。

三浦しをん著　格闘する者に○《まる》

漫画編集者になりたい——就職戦線で知る、世間の荒波と仰天の実態。妄想力全開で描く格闘の日々。才気あふれる小説デビュー作。

三浦しをん著　しをんのしおり

気分は乙女？　妄想は炸裂！　色恋だけじゃ、ものたりない！　なぜだかおかしな日常がドラマチックに展開する、ミラクルエッセイ。

三浦しをん著　人生激場

世間を騒がせるワイドショー的ネタも、なぜかシュールに読みとってしまうしをん的視線。乙女心の複雑パワー、妄想全開のエッセイ。

三浦しをん著　秘密の花園

それぞれに「秘めごと」を抱える三人の女子高生。「私」が求めたことは——痛みを知ってなお輝く強靭な魂を描く、記念碑的青春小説。

三浦しをん著　私が語りはじめた彼は

大学教授・村川融をめぐる女、男、妻、娘、息子……それぞれの「私」は彼に何を求めたのか。人間関係の危うさをあぶり出す、連作長編。

三浦しをん著　風が強く吹いている

目指せ、箱根駅伝。風を感じながら、たすき繋いで、走り抜け！「速く」ではなく「強く」——純度100パーセントの疾走青春小説。

三浦しをん著

桃色トワイライト

乙女でニヒルな妄想に爆笑、脱力系ポリシーに共感。捨てきれない情けなさの中にこそ愛おしさを見出す、大人気エッセイシリーズ！

三浦しをん著

きみはポラリス

すべての恋愛は、普通じゃない——誰かを強く大切に思うとき放たれる、宇宙にただひとつの特別な光。最強の恋愛小説短編集。

梨木香歩著

ぐるりのこと

日常を丁寧に生きて、今いる場所から、一歩一歩確かめながら考えていく。世界《ぐるり》と心通わせて、物語へと向かう強い想いを綴る。

梨木香歩著

春になったら苺を摘みに

「理解はできないが受け容れる」——日常を深く生き抜くことを自分に問い続ける著者が、物語の生れる場所で紡ぐ初めてのエッセイ。

夏目漱石著

硝子戸の中

漱石山房から眺めた外界の様子は？　終日書斎の硝子戸の中に坐し、頭の動くまま気分の変るままに、静かに人生と社会を語る随想集。

夏目漱石著

二百十日・野分

俗な世相を痛烈に批判し、非人情の世界から人情の世界への転機を示す「二百十日」、その思想をさらに深く発展させた「野分」を収録。

佐藤多佳子著
しゃべれども しゃべれども
頑固でめっぽう気が短い。おまけに女の気持ちにゃとんと疎い。この俺に話し方を教えろって？「読後いい人になってる」率100％小説。

佐藤多佳子著
黄色い目の魚
奇跡のように、運命のように、俺たちは出会った。もどかしくて切ない十六歳という季節を生きてゆく悟とみのり。海辺の高校の物語。

重松　清　著
舞　姫　通　信
教えてほしいんです。私たちは、生きてなくちゃいけないんですか？　僕はその問いに答えられなかった――。教師と生徒と死の物語。

重松　清　著
ビ　タ　ミ　ン　F
直木賞受賞
もう一度、がんばってみるか――。人生の〝中途半端〟な時期に差し掛かった人たちへ贈るエール。心に効くビタミンです。

柴田よしき著
ワーキングガール・ウォーズ
三十七歳、未婚、入社15年目。だけど、それがどうした？　会社は、悪意と嫉妬が渦巻く女性の戦場だ！　係長・墨田翔子の闘い。

柴田よしき著
やってられない月曜日
二十八歳、経理部勤務、コネ入社……近頃シゴトに不満がたまってます！　働く女性をリアルに描いたワーキングガール・ストーリー。

佐藤愛子著
こんなふうに死にたい
ある日偶然出会った不思議な霊体験をきっかけに、死後の世界や自らの死へと思いを深めていく様子をあるがままに綴ったエッセイ。

佐藤愛子著
私の遺言
北海道に山荘を建ててから始まった超常現象。霊能者との交流で霊の世界の実相を知り、懸命の浄化が始まる。著者渾身のメッセージ。

須賀敦子著
トリエステの坂道
夜の空港、雨あがりの教会、ギリシア映画の男たち……、追憶の一かけらが、ミラノで共に生きた家族の賑やかな記憶を燃え立たせる。

須賀敦子著
地図のない道
私をヴェネツィアに誘ったのは、一冊の本だった。イタリアを愛し、本に愛された著者が、水の都に刻まれた記憶を辿る最後の作品集。

曽野綾子著
貧困の僻地
電気も水道も、十分な食糧もない極限的貧困が支配する辺境。そこへ修道女らと支援の手をさしのべる作家の強靭なる精神の発露。

曽野綾子著
失敗という人生はない
―真実についての528の断章―
著者の代表作の中から、生きる勇気と慰藉を与えてくれる528の言葉を選び、全6章に構成したアフォリズム集。〈著作リスト〉を付す。

宮木あや子著
花宵道中
R－18文学賞受賞

あちきら、男に夢を見させるためだけに、生きておりんす――江戸末期の新吉原、叶わぬ恋に散る遊女たちを描いた、官能純愛絵巻。

寺山修司著
両手いっぱいの言葉
―413のアフォリズム―

言葉と発想の錬金術師ならでは、毒と諧謔の合金のような寸鉄の章句たち。鬼才のエッセンスがそのまま凝縮された413言をこの一冊に。

河上徹太郎編
萩原朔太郎詩集

孤独と焦燥に悩む青春の心象風景を写し出した第一詩集「月に吠える」をはじめ、孤高の象徴派詩人の代表的詩集から厳選された名編。

南直哉著
老師と少年

生きることが尊いのではない。生きることを引き受けるのが尊いのだ――老師と少年の問答で語られる、現代人必読の物語。

白洲正子著
日本のたくみ

歴史と伝統に培われ、真に美しいものを目指して打ち込む人々。扇、染織、陶器から現代彫刻まで、様々な日本のたくみを紹介する。

白洲正子著
道

私の書くものはいつも、道を歩いて行く間に出来上って行く――。本伊勢街道、宇治、比叡山に古代人の魂を訪ねた珠玉の紀行文。

石川英輔著

江戸人と歩く東海道五十三次

箱根の関所を通り、大井川を越え、目指すは京都三条大橋。江戸通の著者による解説と約百点の絵から、旅人たちの姿が見えてくる。

いとうせいこう著

ボタニカル・ライフ
—植物生活—
講談社エッセイ賞受賞

都会暮らしを選び、ベランダで花を育てる「ベランダー」。熱心かついい加減な、「ガーデナー」とはひと味違う「植物生活」全記録。

糸井重里監修
ほぼ日刊イトイ新聞編

言いまつがい

「壁の上塗り」「理路騒然」。言っている本人は大マジメ。だから腹の底までとことん笑える。正しい日本語の反面教師がここにいた。

糸井重里監修
ほぼ日刊イトイ新聞編

オトナ語の謎。

なるはや？　ごごいち？　カイシャ社会で密かに増殖していた未確認言語群を大発見！誰も教えてくれなかった社会人の新常識。

入江敦彦著

イケズの構造

すべてのイケズは京の奥座敷に続く。はんなり笑顔の向こう、京都的悦楽の深さと怖さを解読。よそさん必読の爆笑痛快エッセイ！

伊丹十三著

日本世間噺大系

夫必読の生理座談会から八瀬童子の座談会まで、思わず膝を乗り出す世間噺を集大成。リアルで身につまされるエッセイも多数収録。

新潮文庫編　文豪ナビ　芥川龍之介

カリスマシェフは、短編料理でショーブする――現代の感性で文豪の作品に新たな光を当てる、驚きと発見に満ちた新シリーズ。

新潮文庫編　文豪ナビ　夏目漱石

先生ったら、超弩級のロマンティストだったのね――現代の感性で文豪の作品に新たな光を当てる、驚きと発見に満ちた新シリーズ。

新潮文庫編　文豪ナビ　三島由紀夫

時代が後から追いかけた。そうか！　早すぎたんだ――現代の感性で文豪の作品に新たな光を当てる、驚きと発見に満ちた新シリーズ。

新潮文庫編　文豪ナビ　太宰治

ナイフを持つまえに、ダザイを読め!!　現代の感性で文豪の作品に新たな光を当てた、驚きと発見が一杯の新読書ガイド。全7冊。

新潮文庫編　文豪ナビ　谷崎潤一郎

妖しい心を呼びさます、アブナい愛の魔術師――現代の感性で文豪作品に新たな光を当てた、驚きと発見がいっぱいの読書ガイド。

新潮文庫編　文豪ナビ　山本周五郎

乾いた心もしっとり。涙と笑いのツボ押し名人――現代の感性で文豪作品に新たな光を当てた、驚きと発見がいっぱいの読書ガイド。

夢《ゆめ》のような幸福《こうふく》

新潮文庫　み-34-6

平成二十年三月一日発行
平成二十四年六月十日五刷

著者　三《み》浦《うら》しをん

発行者　佐藤隆信

発行所　株式会社 新潮社

郵便番号　一六二―八七一一
東京都新宿区矢来町七一
電話 編集部(〇三)三二六六―五四四〇
読者係(〇三)三二六六―五一一一
http://www.shinchosha.co.jp

価格はカバーに表示してあります。

乱丁・落丁本は、ご面倒ですが小社読者係宛ご送付ください。送料小社負担にてお取替えいたします。

印刷・錦明印刷株式会社　製本・錦明印刷株式会社

ISBN978-4-10-116756-5 C0195